중1의 세계

초판 1쇄 발행 2025년 3월 25일

글 고이 김성운 안미란 은영
펴낸이 정혜숙
펴낸곳 마음이음

책임편집 여은영　　**디자인** 김세라
등록 2016년 4월 5일(제2016-000005호)
주소 03925 서울시 마포구 월드컵북로 402, 9층 917A호(상암동 KGIT센터)
전화 070-7570-8869　**전자우편** ieum2016@hanmail.net　**팩스** 0505-333-8869
블로그 https://blog.naver.com/ieum2018　**인스타그램** @mindbridge_publisher

ISBN 979-11-94494-04-1 43810
　　　　979-11-960132-5-7 (세트)

중1의 세계

고이 김성운 안미란 은영

마음이음

{ 차 례 }

오동찬

{ 새끼의 탄생 }

고이

차오

새끼의 탄생

"오동찬, 너 이 새끼 죽을래?"

햐아. 똑같은 부모 밑에서 컸는데 어쩜 저렇게 사납게 컸을까. 엄마 아빠 안됐다, 불쌍하다 생각이 절로 들게 만드는 누나. 누나라고 부르기도 싫은 나의 유일한 혈육 오동은이 쿵쿵쿵쿵 육중한 발소리를 내며 다가온다. 열린다, 문이. 벌컥!

"오줌 누고 물 좀 내리라고! 귓구멍에 떡볶이를 박아 놨냐, 왜 말귀를 못 알아먹냐? 엉?"

누나는 한 번만 더 변기에서 개나리 빛 오줌을 발견하는 날엔 오늘 찍은 사진이 영정 사진이 될 줄 알라는 어마무시한 말을 내뱉고는 사라졌다.

"깡패야 뭐야, 입만 열면 새끼래."

사실 나의 세계는 '새끼'라는 말과 함께 시작되어 중1이 된 오늘까지 멈춤 없이 이어지고 있다. 그야말로 새끼로 점철된 인생이랄까.

　우애앵 우렁찬 울음소리를 내며 세상에 태어나던 날, 나는 '어화둥둥 내 새끼, 내 강아지'였다. 아무것도 모르던 천진난만하던 시절, 이름보다 더 자주 듣던 말이 '아이고, 내 새끼'였고 그것은 고귀하고 고결한 부름이었다. 나는 순도 백 퍼센트, 오직 사랑뿐인 내 새끼 소리를 이유식 삼아 포동포동 살을 찌우고 쑤욱쑥 키를 키웠다.

　하지만 귀엽고 앙증맞은 느낌의 '내 새끼'는 시간이 지나면서 조금씩 변질되기 시작했다. 억양과 어감이 살짝 달라졌달까. 잘 빗긴 강아지 털처럼 보들보들한 목소리에서 엉킨 쇠 수세미 같은 까끌까끌한 목소리로 탈바꿈한 채 터져 나오는 그 단어는 아무 잘못 없는 사람까지 움찔 주눅 들게 했다. 예를 들면 이런 거다.

　"오동찬, 이눔 새끼 또 말 안 듣지!"

　그래도 엄마가 외치는 '이눔 새끼'에는 애정이 충만하다. 비록 순식간에 토르로 변신해 사나운 눈빛을 번쩍번쩍 쏘아 댈 때면 오금이 저리지만 그 말을 내뱉는 엄마 입술에는 찰방찰방 사랑이 묻어난다. 분노와 증오, 미움과 시기 질투 외에는 그 무엇도 찾을 수 없는 누나의 새끼 타령과는 차원이 다르다.

　하지만 오늘, 이보다 더 충격적인 말을 듣고야 말았으니 그것은 바로 엄마의 폭탄선언이었다. 시작은 평소와 다름없는 잔소리였다. '이제 너도 청소년이 됐으니 네 일은 알아서 하거라'와 같은.

"네네, 어머니. 암요, 여부가 있겠습니까요."

이때까지만 해도 여유를 부리며 너스레를 떨었다. 알다시피 그런 말은 귓바퀴를 스치지도 않고 지나가는 법이니까. 하지만 이어진 다음 말에 나는 그만 입이 떡 벌어지고 말았다.

"이제 아침에 안 깨울 테니 그리 알아."

"네? 뭐라고요?"

나는 몸을 날려 엄마 바짓가랑이를 붙들었다. 제가 잘못 들은 거지요? 그렇지요 어머니?

엄마는 나를 힐끗 보더니 바지에 묻은 먼지 털 듯 탈탈 다리를 털었다.

"내가 진작 손 뗐어야 했는데 너무 오래 수발을 들어 줬어. 하여튼 나는 정이 많아서 탈이라니까."

오랜 수발이라니. 대체 무슨 말씀이십니까, 어머니. 저 초2 때부터 라면 끓이고, 초4에는 재활용 분리수거, 초6부터는 아버지가 버리던 음식물 쓰레기까지 직접 갖다 버렸지 말입니다. 어머니가 회사에서 늦는 날이면 저 오동찬, 쌀 씻어서 밥도 안치지 않았습니까. 지금도 희뿌연 쌀뜨물에 팅팅 불어 쪼글해진 손끝이 만져지는 것만 같은데, 어머니, 들리십니까, 네? 어머니?

이쯤에서 고백하건대, 나는 아침잠이 많다. 마치 전날 밤 아침

잠을 잔뜩 마시고 취해 버린 사람처럼 정신을 못 차린다. 아무리 흔들어 깨워도 그 흔들림을 리듬 삼아 더 깊은 잠에 빠져 버린다. 대책 없는 아침잠. 이것은 내가 엄마 배 속에서 작은 씨앗으로 존재할 때부터 DNA로 전해진 유전적 특질이 아닐까 싶다. 그렇지 않고서야 아침에 눈 뜨는 것이 이렇게 어려울 리 없다.

나는 곧장 주방으로 달려가 엄마를 설득했다. 타인의 물리적인 도움 없이는 감긴 눈을 뜨는 것이 불가능하니 어서 그 말을 거두어 달라고. 하지만 돌아온 건 식탁보도 날려 버릴 만큼 강력한 콧방귀와 저녁 먹게 숟가락 젓가락이나 놓으라는 말뿐이었다. 식탁에는 김이 모락모락 나는 김진진 여사표 로제 찜닭과 '축 중학교 입학' 글자가 새겨진 케이크가 놓여 있었다.

"와우, 맛나겠다. 오동찬은 맛 가겠고."

낄낄대며 앉아 있는 누나는 저리 좀 치워 줘도 좋을 텐데.

좋아하는 납작 당면이 죄다 누나 앞접시로 이동 중이다. 하지만 나는 그것을 막을 생각도, 빼앗을 생각도 들지 않았다. 망했다, 망했어. 정말이지 망했다는 생각뿐이었다.

내가 이렇게 망연자실하는 데는 다 이유가 있다. 새로 배정받은 중학교가 멀어도 너무 멀기 때문이다. 중학교는 버스로 30분, 걸어서 10여 분을 헉헉대며 올라가야 겨우 도착하는 곳에 있었다. 중학교 발표 일, 가까운 중학교에 걸린 친구들이 환호성을 지르며 기뻐하는 사이, 나는 배정표를 손에 쥔 채 멍하게 앉아 있었다. 홀로그램이라도 보는 듯 몇 번이나 눈을 비비고 종이를 들여다보았지만 달라지는 건 없었다. 종이에는 어디에 있는지도 몰랐던 7지망 학교 이름이 떡하니 쓰여 있었다. 맙소사. 신도시 인구 과밀 지역의 피해자가 내가 될 줄이야.

등교 시간에 맞춰 가려면 오전 7시 30분 버스를 타야 한다. 그 말은 엄마 아빠보다 더 일찍 집을 나서야 한다는 말이다. 아, 이제 나는 어떻게 해야 하나. 당장 내일이 등교 첫날인데!

조용하다. 세상이 물에 잠긴 것 같고, 멀리 아득한 곳으로 떠내려온 것 같고, 주변에 아무도 없는 것 같은데, 또 세상 한가운데 있는 것만 같다.

뭐지, 이 느낌. 뭘까, 이 께름칙함. 마치 명절날 아침에 자주 느끼던 느낌과 비슷하다. 눈을 뜨면 할아버지, 할머니, 삼촌, 숙모, 사촌들 모두 와글와글 거실을 돌아다니는데 혼자 이불 돌돌 말고 자다가 깨기 직전의 겸연쩍고 낭패스러운 느낌이랄까. 맞아! 이 느낌, 늦잠이야!

나는 침대에서 벌떡 일어나 핸드폰을 열었다. 핸드폰 화면 가득 알람만 열두어 개. 5분 간격으로 다시 울림까지 세팅 완료했건만 하나도 듣지 못했다. 맙소사. 혹시나 했는데 역시나다. 7시 40분. 지각, 지각이로소이다!

쏜살같이 거실로 튀어 나갔다. 뒤이어 눈에 들어온 풍경에 허!

소리가 절로 났다. 가족들이 오손도손 모여 앉아 아침밥을 먹고 있는 게 아닌가. 달그락달그락 그릇에 수저 닿는 소리는 왜 이리 정다운 건데. 아니, 그나저나 왜 아무도 깨우지 않는 거냐고. 동찬아, 일어나렴. 오늘이 중딩 생활 대망의 첫날인데 너 그러다 망한다, 말해 줄 수 있는 거잖아. 그런 거잖아.

"아침밥은 못 먹겠지? 맛있는 거 했는데."

엄마가 안타까운 얼굴과는 대조적인 밝고 명랑한 목소리로 말했다. 누나는 음식이 흡족한지, 엄마 말이 흡족한지 도무지 알 도리가 없는 흐뭇한 미소를 지었고, 아빠는 "어우, 우리 동찬이 늦어도 밥은 먹고 가야지." 했다. 맙소사. 가족이 세트로 나를 놀리는 건가, 지금? 나 빼고 다들 회사 가깝고 학교 가깝다고 유세 떠는 건가, 지금?

아침은 헤비하게 저녁은 라이트하게. 이것이 작년부터 지켜 오고 있는 김진진 여사의 새로운 식사 콘셉트이다. 올해 고등학교 2학년인 누나는 야자에 학원에 밤이 깊어서야 집에 오고, 아빠 역시 잦은 회식으로 늦기 일쑤였다. 저녁 시간에 가족들이 모이는 일이 갈수록 줄어들자 고심 끝에 찾은 대안이 '아침밥을 저녁밥처럼' 프로젝트였다.

가족끼리 얼굴 보면서, 속닥속닥 담소도 나누면서 하루를 시작하는 것만큼 건강한 가족상이 어디 있겠냐며 엄마는 웃었다. 자식들 입에 밥숟가락 들어가는 걸 보는 것이 인생의 낙이라며 다시 한번 웃었다. 그 바쁜 아침 시간에도 어지간한 요리 유튜버 뺨치는 실력으로 음식을 차리는 엄마에게 깊은 존경심을 가지고 있던 나였다. 하지만 가족 구성원 하나 빠진 것쯤이야 아랑곳하지 않는 가족 문화라니. 이건 건강한 가족상이 아니라 가족 해체상 아닌가? 나는 심한 배신감과 서운함에 봄날 새싹처럼 돋던 입맛이 뚝 떨어질 지경이었다.

얼굴에 대강 물만 묻히고 후다닥 집을 나섰다. 입맛이 뚝 떨어진 가운데도 크림치즈 듬뿍 바른 블루베리 베이글 하나는 야무지게 입에 물었다. 현관문까지 따라 나와 "우리 아들, 파이팅!" 외치는 소리가 남의 집 아들 응원하는 소리로 들리는 건 기분 탓일까. 엘리베이터에서 만난 같은 라인 아저씨가 "동찬이 벌써 중학생이냐? 아이고, 학교 일찍 가네." 하셨다. 네, 벌써 중학생이고 학교 일찍 가는데 지금 가도 늦어요, 엉엉. 이 말은 속으로 꿀꺽 삼키고 꾸벅 인사했다.

땡.

엘리베이터 문이 열리자마자 아파트 정문으로 내달렸다. 정문 앞 편의점 건널목을 건너면 버스 정류장. 7시 50분 버스를 타면 가까스로 지각을 면할지도 모른다. 대신 버스에서 내리자마자 머리카락이 뽑힐 듯 달려야겠지. 지각에도 급이 있는 법. 늦어도 아슬아슬 안타깝게 늦어야 한다. 안타까움은 언제나 동정심을 유발하고, 동정심의 등 뒤로 자비라는 갓을 쓴 행운이 점잖은

선비처럼 모습을 드러내기도 하니까.

우다다 경비실을 지나 화단 앞을 가로지르는데 시끄러운 소리가 났다. 키가 껑충 큰 여학생과 반짝임이 과하다 싶은 옷을 입은 아줌마가 티격태격 실랑이를 하고 있었다.

"학생! 자꾸 이럴 거야?"

"네, 자꾸 이럴 거예요."

여학생의 당찬 표정과 기가 찬다는 아줌마의 얼굴이 0.1초 정도 안구를 스쳐 지나갔다. 어라? 남색 재킷. 같은 학교 교복이다. 근데 쟤는 학교 안 가고 뭐 하는 거야. 무슨 일인지 궁금했지만 지금은 내 코가 석자다. 나는 부리나케 정문으로 달려갔다. 드디어 횡단보도 앞. 이제 길만 건너면 버스 정류장이다.

"왔다!"

때마침 34번 버스가 모퉁이를 돌며 모습을 드러냈다. 버스는 미끄러지듯 달려오더니 버스 정류장 앞에 멈춰 섰다. 나는 반가움과 당혹스러움을 동시에 느꼈다. 횡단보도 빨간불이 좀처럼 바뀌지 않는 것이다. 초조한 마음에 동동 발을 굴렀다. 하지만 신호등은 절대 변치 않기로 맹세한 충신처럼 내내 붉은 얼굴로 서 있었다. 한 무리의 사람들이 내리고, 정류장에 있던 사람들이 우르르 버스에 올라탔다.

"차오! 너 늦겠어."

버스 창문이 열리더니 누군가 이쪽을 향해 소리쳤다.

'차오?'

옆을 보니 아까 반짝이 아줌마랑 다투던 여학생이 태연하게 서 있었다.

"응응. 그래."

여학생은 여유롭다 못해 나른함마저 느껴지는 표정으로 휘휘 손을 흔들었다.

'쟤 뭐야?'

나는 다시 버스로 눈을 돌렸다. 저거 타야 하는데. 다음 버스 한참 뒤에나 오는데. 신호등은 여전히 빨갛게 지조를 지키고 있었다. 그때 까만 선글라스를 낀 기사님이 이쪽을 힐끗 쳐다보는 게 느껴졌다. 네! 맞아요, 기사님. 저 그 버스 타고 가는 학생입니다. 기다려 주실 거죠? 그렇죠? 나는 선글라스 때문에 보이지도 않는 기사님 눈을 애써 더듬으며 텔레파시를 쏘아 댔다.

내 간절한 눈빛을 읽은 걸까. 기사님이 양손으로 핸들을 타악! 힘주어 잡더니 까딱, 고갯짓을 했다. 기사님! 감사합니다! 건포도처럼 쪼그라들던 시간이 슬라임처럼 쭈욱 늘어나는 기분이었다. 휴, 안도하며 한숨 돌릴 때였다.

부르르르응!

어디선가 거대한 용트림 소리가 들려오나 싶더니 34번 버스가 서서히 움직이기 시작했다.

"어, 어?"

나도 모르게 버스를 향해 팔을 뻗었다. 기사님? 방금 보낸 텔레파시 못 받으신 건가요. 초면에 실례지만 혹시 우리 가족이랑 한패세요? 저한테 왜 이러시는 건가요, 정말?

버스는 당황해서 허둥대는 나는 아랑곳하지 않고 점차 속력을 높이더니 거짓말처럼 그곳을 떠나 버렸다. 믿었던, 아니 누군지 모르니 완전히 믿었다고 말하기는 어렵지만, 그래도 믿고 싶었고, 믿을 수밖에 없었던 유일한 구원자가 이런 식으로 배신을 때릴 줄이야. 이럴 거면 아까 그 사인은 대체 왜 보내신 거냐고요.

"어이."

여학생이 나를 불렀다.

"······네?"

여학생이 신호등을 향해 턱짓을 했다. 신호등은 어느새 초록불로 바뀌어 있었다.

"아."

여학생이 성큼성큼 횡단보도를 건너갔다. 나는 똥 마려운 강아지처럼 쫄레쫄레 그 뒤를 따라 건넜다. 참 나. 언제 봤다고 반말이람, 구시렁대면서. 난 또 웬 높임말이람, 툴툴대면서.

버스 정류장 벤치에 털썩 주저앉았다. 입학 첫날부터 지각이라니. 한심해서 한숨이 다 났다. 누나가 중학교에는 무서운 선생님이 많다고 했는데.

"야야, 선생님들 겁나 무서워. 너 같은 찔찔이는 혼나다가 오줌

쌀지도 몰라.”

사악한 미소를 지으며 말하던 누나가 떠올랐다. 음, 그래. 누나 말은 걸러 듣자. 중학교도 사람 사는 곳인데 초등학교 때랑 뭐 그리 다르겠어? 혹시 모른다. ‘등교 첫날이라 많이 긴장했지? 어서 오렴, 신입생.’ 사람 좋은 미소를 지닌 선생님이 교문 앞에 떡하니 서 있을는지도.

버스가 오는지 보려고 고개를 돌리다가 그 여학생이 눈에 들어왔다. 차오라고 했던가? 이름이 특이하다. 얼핏 초록 명찰이 보였다. 나와 같은 신입생이다. 차오는 무심한 표정으로 서 있었다. 입을 꾹 다문 채 오물오물 턱을 놀리면서. 버스를 놓치고도 큰 동요가 없는 걸 보니 학교생활 포기한 애 같다.

‘혹시…… 말로만 듣던 일진?’

나는 슬금슬금 옆으로 몸을 피했다. 그때였다. 차오가 나를 빤히 바라봤다.

“줘?”

“……네?”

차오가 호주머니를 뒤적거리더니 손을 내밀었다. 얼떨결에 손을 뻗었다. 차오는 한 손, 나는 두 손이었다. 뭐지? 하고 보니 껌이었다. 껌 포장지에는 탐스러운 연둣빛 포도 그림과 청포도맛 풍선껌이란 글자가 알록달록하게 적혀 있었다.

“고맙습…… 아니, 고, 고마워.”

고맙긴. 하지만 인사는 깍듯하게. 그래야 뒤탈이 없다. 내가 초등 의무교육을 괜히 받은 게 아니다. 모르는 사람이 주는 음식은 함부로 먹지 말 것. 그래도 바로 버리면 해코지 당할 수 있으니 껌은 조심스럽게 주머니에 넣었다. 그사이 다음 버스가 도착했고, 나는 사람들을 헤치며 황급히 버스 뒤쪽으로 이동했다. 뭔가 싸할 때는 피하는 게 상책이다.

버스가 출발했다. 버스는 달리고, 달리고, 또 달렸다. 하지만 학교는 아직, 아직, 아직이었다. 멍하니 창밖을 보다가 흔들흔들 버스와 함께 흔들리다 보면 가끔 사람들 사이로 키 큰 차오가 보였다. 차오는 여전히 껌을 씹고 있었다. 지금쯤 단물 다 빠졌을 텐데. 풍선껌 오래 씹으면 고무줄처럼 질겨지는데. 질긴 거 계속 씹으면 사각턱 되는…… 아, 내가 무슨 소릴 하는 거야.

"이번 정류장은 마음중학교입니다. 다음 정류장은……."

한참을 달리던 버스에서 안내 방송이 나왔다. 나는 얼른 뒷문으로 가 내릴 준비를 했다.

삐이이이이—

뒷문이 열리자마자 냅다 뛰었다. 3년 연속 운동회 계주 마지막 주자였던 내가 오늘을 위해 그렇게 달렸던가. 나는 잽싸게, 그리고 자신만만하게 발을 놀렸다. 하지만 생각지도 못한 복병이 기다리고 있었다. 평평한 운동장에는 없던 경사가 이곳에 있었던 것이다. 족히 40도는 넘어 보이는 가파른 오르막 앞에서 내 허벅지 근육은 당황했고, 종아리 근육도 따라 놀랐다.

달리는 속도가 눈에 띄게 줄었다. 아니, 애당초 속도랄 게 없었다. 헉헉, 거친 숨을 뿜어내며 헉헉, 등산 아니, 등교에 임했다. 뭐 이따위 학교가 다 있나 싶었다. 욕을 안 하고 싶어도 안 할 수가 없었다. 하지만 욕을 하고 싶어도 욕할 호흡이 없었다. 모든 숨은 언덕을 오르기 위한 동력으로 백 퍼센트 활용 중이었다. 도착하면 보건실부터 가야 하는 게 아닐까 싶을 만큼 심신이 심히 염려되던 찰나, 저 멀리 교문이 보였다. 눈앞이 뿌옇게 변했다. 이것은 땀인가, 눈물인가. 나는 사람 좋은 미소를 짓고 있는지 아닌지 잘 분간이 안 되는 한 선생님을 향해 마지막 스퍼트를 올렸다.

"우리 아들, 오늘 어땠어?"

어머니, 상냥하게 묻지 마시라고요. 나 지금 거칠어지고 싶거든요. 야생이고 싶고 맹수이고 싶단 말이죠. 하지만 한 번씩 돌변하면 누구보다 맹수이신 어머니 앞에서는 고분고분 말하는 게 신상에 좋다. 이건 오랜 시간 엄마 아빠를 관찰하며 얻은 생존 데이터다. 아빠는 가끔 엄마가 돌변한 걸 모르고 대거리를 하다가 눈치 없는 자의 종말이 어떤 건지 생생히 보여 주곤 했으니까.

"아, 뭐, 괜찮았어요."

괜찮긴 뭐가 괜찮단 말인가. 허벅지도 안 괜찮고, 종아리도 안 괜찮은데. 무엇보다 나는 '마상'을 입지 않았던가. 믿었던 가족과

믿었던 버스 기사님께 받은 마음의 상처는 생각보다 오래갈 예정이었다. 나는 버스에서 굳힌 결심을 조심스레 부모님께 털어놓았다. 최대한 담담하게. 허나 강한 의지를 담은 눈빛과 목소리로.

"어머니, 아버지. 저 다른 학교로 전학시켜 주……."

식탁에 앉아 그릭 요거트를 퍼먹고 있던 누나가 사고 차량을 향해 돌진하는 레커차처럼 쌩 치고 들어왔다.

"이야, 오동찬. 생각 없는 건 여전하네. 의무교육만 아니었으면 넌 중학교 입학도 못 했을걸? 초졸로 끝났을 인생인데 아, 아깝다. 하여튼 우리나라 교육제도 싹 갈아엎어야 돼. 싹수 노란 애들 교실에 꾸역꾸역 밀어 넣어서 어쩌겠다는 거야. 오동찬 같은 애들은 채반에 넣고 탈탈 털어서 싹 솎아 내야 한다니까. 입학 첫날부터 전학이라니. 푸하하! 지나가던 개가 웃겠다."

아. 정신이 혼미하다. 누나는 하나밖에 없는 동생을 이렇게 오독오독 씹어 먹어야 속이 편한가? 하지만 엄마 아빠의 의견도 누나와 별반 다르지 않았다. 다정하고 따뜻하게 말했지만 한마디로 요약하자면 이렇다. 동찬아, 씨알도 안 먹히는 소리 그만하렴.

"저 조금 쉴게요."

방으로 들어와 침대에 벌렁 누웠다. 누나 말이 맞다. 내가 상상한 선생님은 현실에 없었다. 대신 성질 고약해 보이는 선생님이 그 자리에 있었다.

따앙 따앙! 얄궂은 작대기 하나 들고 여기저기 두드리며 빨리 안 오나? 여기가 놀이터인 줄 아나? 첫날부터 정신 줄줄 흘리고 다니지? 목청 높이던 그분. 학생 부장이라던 그 선생님은 쓸데없이 부지런해서 아침마다 학생들의 등산 아니, 등교 지도를 한다고 했다.

불현듯 초등학교 시절이 파도처럼 밀려왔다. 친구들 안녕! 조심조심 천천히 건너요. 횡단보도 위에서 녹색 어머니의 노란 깃발은 얼마나 사려 깊게 펄럭였던가. 어서 와요. 좋은 아침! 교장 선생님의 목소리와 보안관 선생님의 손짓은 얼마나 따스하고 다정했던가. 그저 몇 밤 자고 일어났을 뿐인데 노란 깃발과 따스한 음성과 다정한 손짓은 어디로 사라지고 따앙 따앙 공포의 작대기만 이리 덜렁 남았단 말인가.

그렇다. 중학교는 초등학교 때와는 전혀 다른 세계로의 진입이었다. 이미 한 번 경험하지 않았던가. 유치원을 졸업하고 초등학교에 입학했을 때, 그전에 존재하던 세계가 지우개로 지운 듯 싹 사라진 느낌을 받았었다. 오구오구, 잘해쩌요, 혀 짧은 소리도, 밑도 끝도 없는 칭찬과 박수 세례도 이제 더는 없다는 걸 알았을 때의 충격. 그 충격을 나는 아직 기억한다. 어슴푸레 감지되던 진실 속에서 알 수 없는 서글픔을 느꼈던 것도.

그때 나는 깨달았다. 눈에 보이지는 않지만 나를 감싸고 있던 어떤 얇은 막 하나가 벗겨졌고 이제 다시는 그전으로 돌아갈 수 없다는 것을. 어쩌면 한 살, 두 살 나이를 먹어 가며 새로운 세계에 속한다는 것은 덜 유해한 세상에서 조금 더 유해한 세상으로의 이동을 뜻하는 건지도 모르겠다.

휴우 한숨을 쉬며 모로 눕는데 바지 주머니에서 뭔가 느껴졌다. 뭐지? 하고 보니 풍선껌이었다. 풍선껌 포장지를 까서 입에 넣었다. 상큼한 청포도 맛이 순식간에 입안에 퍼졌다. 타이타닉 호처럼 푹 가라앉았던 기분이 조금 나아졌다. 입을 꼭 다문 채 오물오물 껌을 씹던 차오가 생각났다. 어딘가 조금 엉뚱하고 이상한 아이.

핸드폰을 열어 검색창에 차오를 쳐 보았다. 중식당, 양식당, 이태리 식당. 차오라는 이름은 각종 식당 이름으로 인기몰이 중이었다. 화면을 아래로 내리다 보니 어학 사전 검색이 떴다. 차오는 이태리어로 '안녕'이라는 뜻이었다.

차오. 작게 불러 보았다. 어디선가 손가락을 쫙 펼친 차오가 '응응, 그래.' 하며 느릿느릿 손 흔드는 모습이 보이는 것만 같다. 벌어진 손가락 사이로 눈부시게 비치는 가느다란 햇살도. 어? 이상하다. 가슴이 찌르르했다. 톡 쏘는 탄산이 혈관을 타고 흐르는 기분이랄까. 안녕, 차오. 차오, 안녕. 나는 침대에 누워 가만히 그 이름을 불러 보았다.

"왜, 왜, 왜 나를 그냥 내버려두시냐고요오."

왜 슬픈 예감은 틀린 적이 없나. 오늘도 나는 어김없이 늦게 일어났고, 가족들은 어김없이 나만 빼고 아침 식사를 했고, 그리하여 으어어어 괴물 소리 내지르며 방에서 거실로, 거실에서 화장실로 나 혼자 바쁜 아침을 맞이했다.

정말이지 눈만 뜨면 솟구치던 입맛이 싹 사라졌다. 내가 남의 집 자식도 아니고 어떻게 저럴 수 있나 싶었다. 하지만 입맛이 싹 사라진 가운데도 오곡 초코 에너지바 하나는 옹골차게 입에 물고 아파트 정문으로 내달렸다. 어제와 같은 자리에서 어김없이 툭탁거리는 소리가 들렸다. 차오와 반짝이 아줌마였다.

"학생! 하루이틀도 아니고 자꾸 이럴 거야?"

"네. 사흘, 나흘, 닷새, 엿새 계속 이럴 거예요."

아니, 대체 무슨 일이람? 뭐 때문에 아침마다 싸우는 거냐고. 강렬한 호기심이 일었지만 둘을 지나쳐 곧장 내달렸다. 오늘은 기필코 34번 버스를 타야 했다. 하지만 간발의 차로 버스는 또다시 떠나 버렸고 나는 혼자 덩그러니 남겨졌다. 오늘도 어김없이 타악! 핸들을 잡고 까닥, 고갯짓을 하던 버스 기사님. 뭡니까. 대체 그건 무슨 사인이냐고요.

"아우, 짜증 나."

다음 버스가 오려면 한참을 기다려야 했다. 나는 횡단보도를 건너다 말고 우뚝 멈춰 섰다. 그러곤 발걸음을 돌려 아까 지나쳤던 곳으로 되돌아갔다. 그사이 반짝이 아줌마는 사라지고 차오 혼자였다. 차오는 내가 오는 것도 모르고 화단 앞에 쪼그려 앉아 무언가를 골똘히 바라보고 있었다. 그때 차오의 어깨 너머로 꼬물, 움직임이 포착되었다.

"어?"

내 목소리에 깜짝 놀란 차오가 뒤돌아보았다. 차오 앞에 노란색 이유식 그릇 두 개가 놓여 있었다. 겉은 플라스틱 속은 반짝이는 스테인리스로 된 그릇이었다. 아기 펭귄과 백곰이 그려진 이유식 그릇. 어쩐지 반가웠다. 나도 어릴 때 저 그릇으로 밥 먹고 간식 먹었는데.

그릇에는 각각 물과 사료가 들어 있었고 그 앞에 고양이가 있었다. 오동통한 갈색 점박이 고양이. 고양이는 그릇에 코를 박고 까드득 까드득 사료를 먹느라 정신이 없었다. 아침마다 차오가 반짝이 아줌마와 마찰을 빚던 이유를 알 것 같았다.

"오늘도 버스 놓쳤나 봐?"

차오가 고양이에게서 시선을 떼지 않은 채 말했다. 무뚝뚝한 목소리와는 달리 고양이를 바라보는 눈빛이 한없이 부드러웠다.

"그건 너, 너도 마찬가지 같은데."

내가 억울한 듯 말을 더듬자 차오가 반짝 고개를 들더니 대체 무슨 소리야? 하는 표정으로 말했다.

"넌 놓친 거고, 난 보낸 거지. 그건 완전히 다른 거야."

내가 지금 뭘 들은 거지. 차오가 어벙벙한 내 표정을 읽었는지 말을 덧붙였다.

"내가 버스를 타지 않은 건 내 의지가 반영된 거라고. 물론, 넌 아니고."

가만히 있다가 한 방 맞은 듯한 이 느낌 뭐냐고. 하지만 한마디 반박도 못 하는 난 또 뭐냐고.

"타리야, 언니 또 올게. 그때까지 잘 있어. 고약한 반짝이 아줌마한테 걸리지 말고. 아르찡?"

차오는 고양이를 두어 번 쓰다듬고, 깜빡깜빡 눈을 맞추고는 탁탁 옷을 털며 일어났다. 고양이를 보며 씨익 웃는 모습이 심장에 팍 꽂히려는 순간, 차오는 순식간에 미소를 거두고 무뚝뚝한 얼굴로 돌아왔다.

"안 가?"

긴 다리로 성큼성큼 걸어가던 차오가 뒤를 돌아봤다.

"어? 어."

나는 쫄래쫄래 차오 뒤를 쫓아갔다. 이상하다. 이 장면 어디서 본 것 같은데, 갸웃하면서. 어쩐지 앞으로도 계속 볼 것 같은데, 생각하면서.

횡단보도를 건너 버스 정류장으로 갔다. 차오는 앉고 나는 조금 떨어져 섰다. 어쩌다 보니 같이 오긴 했는데 괜히 멋쩍기도 하고 할 말도 없어서 애꿎은 버스 노선표만 뚫어지게 들여다봤다. 어색한 기운을 감지했는지, 전혀 어색하지 않아서였는지 차오가 묻지도 않은 이야기를 시작했다.

"다쳤더라고. 누가 나쁜 짓을 했는지."

고양이, 그러니까 타리 이야기였다.

차오는 우연히 아파트를 지나다가 "미오, 미요오." 하는 소리를 들었다고 한다. 작고 가냘픈 소리. 그날따라 끈끈이주걱처럼 그 소리가 귀에 착 붙어 떨어지지 않았고, 그리하여 가던 발걸음을 멈추고 화단 쪽을 살펴보았다고 했다. 곧 재활용 쓰레기장 쪽 후미진 화단에서 불편한 자세로 누워 있는 타리를 발견하게 되었고.

"다행히 상처가 심하지는 않았어. 병원에 가야 하는 게 아닐까 걱정했는데."

차오는 그 뒤로 틈만 나면 그곳을 들여다보았다. 타리는 있을 때도 있고 없을 때도 있었다. 처음엔 허리를 잔뜩 세우고 경계하던 타리도 어느새 경계심을 풀고 차오를 기다렸다고 한다. 진짜로 기다린 건지 그냥 있었던 건지 어떻게 알아. 속으로 생각했는데 차오가 "진짜로 기다린 거야." 했다. 아, 소오름. 얘 대체 뭐야. 왜 속으로 한 말에 대답을 하는 거냐고.

차오가 말했다. 세상엔 그냥 보기만 해도 알게 되는 것들이 있다고. 물론, 나는 모를 거란 말도 덧붙였다. 이제 보니 차오는 가만히 있는 사람을 조용히 먹이는 기술이 있었다. 나는 그 기술에 매번 당하는 기술이 있었고.

차오가 물었다.

"근데 뭣 하러 그렇게 뛰어?"

"응?"

"다 봤는데. 어제."

헉헉 오르막을 오르다가 하악하악 허리를 숙였다가 헤엑헤엑 하늘을 봤다가 다시 헉헉 오르막을 오르던 내 모습이 떠올랐다. 동시에 내 얼굴도 확확 달아올랐다.

"그렇다고 천천히 걸어갈 수는 없잖아."

나도 모르게 목소리가 커졌다. 차오가 뭔 소리야? 하는 표정으로 말했다.

"반은 걷던데?"

아, 진짜. 버스는 왜 이렇게 안 오는 건데.

차오가 자세를 고쳐 앉으며 진지한 표정으로 말했다.

"이미 늦은 거, 괜히 힘 뺄 필요 없다고 생각해. 승산 없는 게임에 왜 목숨을 걸어? 가능성 있는 일에 최선을 다해야지."

"아아."

나도 모르게 돌 깨지는 소리를 내고 말았다. 그렇구나. 쓸데없이 힘을 썼구나. 최선에도 전략이 필요한 거구나. 이런 굉장한 걸 이제야 알게 되다니. 나는 차오의 통찰에 깊은 감명을 받았다. 그사이 버스가 도착했고, 우리는 언제 대화를 나눴냐는 듯 버스 안에서 뚝 떨어져 섰다. 힐끗 쳐다보니 차오는 또 껌을 씹고 있었다. 보나마나 청포도 맛 풍선껌이겠지. 풋, 귀엽다. 쟤. 은근.

"이번 정류장은 마음중학교입니다……."

내릴 준비를 하며 생각했다. 몇 반인지 물어봐야지. 내 이름도 알려 주고. 차오 말대로 이미 늦은 거 천천히 걸으면서 이야기나 잔뜩 나눠야…….

삐이이이이—

후다다닥.

응? 이 무슨 만화 효과음 같은 소리인가. 정신을 차리고 보니 어느새 버스에서 내린 차오가 오르막을 오르고 있었다. 다리를 쭉쭉 뻗어 뛰듯이 날며 아니, 날듯이 뛰며 그렇게 겅중겅중 미친 듯이.

"헐."

뭐냐, 쟤. 방금 했던 말이랑 달라도 너무 다른 거 아니야? 나는 차오가 달리는 모습을 멍하니 바라보았다. 오르막에서도 같은 속도를 유지하며 거침없이 달려가는 차오는 드넓은 초원을 달리는 한 마리 타조 같았다. 차오는 금세 멀어져 점처럼 작아지려 했다. 아, 이럴 때가 아니지. 나도 차오 뒤를 따라 언덕을 올랐다. 허겁지겁 헐레벌떡 승냥이 같은 모습으로.

"헤엑. 헤엑. 헤에엑."

한여름 아스팔트에 널브러져 있는 개처럼 혓바닥이 길게 늘어졌다. 따앙! 따앙! 멀리서 작대기 후려치는 소리가 들려왔다. 학생 부장 선생님이 시커먼 눈썹을 씰룩거리며 지각생들을 일렬로

세우고 있었다. 줄 끝에 삐죽 키 큰 차오도 보였다.

"빨리 빨리 안 오나?"

선생님이 은빛 스테인리스 난간을 두들기며 소리쳤다. 뜨에에엥. 뜨에에엥. 맑고 청아한, 하지만 사람의 심장을 바짝 오그라들게 만드는 소리에 나는 미친 듯이 발을 놀렸다. 선생님은 스테인리스가 내는 극적인 효과음을 좋아하는 것 같았다. 무심코 지나가던 학생들이나 운동장에서 훈련 중인 축구부 학생들까지도 흠칫, 놀라 이쪽을 쳐다볼 때면 한쪽 입꼬리가 씨익 올라갔다. 눈을 내리깐 채 근엄한 척했지만 다 보였다. 차오 말이 맞았다. 세상엔 그냥 보기만 해도 알게 되는 것들이 있었다.

헉헉대며 차오 옆에 가 섰다. 차오는 스리슬쩍 고개를 돌리며 딴청을 피웠다. 선생님은 손바닥만 한 수첩에 일일이 이름을 받아 적었다. 중학교 입학 이틀째. 벌써 이름이 두 번 적혔다. 조만간 열 번 채울 것 같다. 열 번이 뭐야. 스무 번, 서른 번도 거뜬할 것 같…… 아, 뭐래. 정신 차려, 오동찬.

어느새 선생님이 우리 앞에 섰다.

"이름."

"차오오……."

"뭐?"

"차오오오……."

"지금 옹알이하나? 이름이 뭐라고?"

선생님이 차오의 교복 재킷을 살폈다. 머리카락에 가려 잘 보이지 않는 이름을 선생님이 또박또박 말했다.

"어엉. 여기 있구만. 차. 오. 숙."

조금 전까지 차오였고, 지금은 차오숙이 된 차오가 고개를 약간 숙인 채 콧구멍을 벌렁거렸다. 얼굴이 살짝 붉어진 것도 같았고 쌕쌕 거친 숨을 몰아쉬는 것도 같았다. 차오는 "차오숙이! 이제 일찍 다녀라!"라는 선생님 말에 체념한 듯 "네에." 대답했다.

강렬한 이름이었다. 그 이름은 내 차례가 왔을 때 "이름." 하는 선생님 물음에 '오동찬입니다.'라고 해야 하는 걸 나도 모르게 "오숙찬이요."라고 잘못 말했다가 "아니, 아니! 오동찬입니다!" 하고 황급히 수정해야 할 만큼 강렬한 것이었다. 차오 아니, 차오숙과 나는 일반적이지 않은 통성명의 현장에서 많이 부끄럽고 서로 난처해하다가 서둘러 각자의 교실로 향했다.

"진짜로 끝날 때까지는 끝이 아니야. 결과보다 과정이 중요한 거 몰라? 물론, 넌 모르겠……."

"됐거든."

어제 왜 비겁하게 혼자 뛰어갔냐는 물음에 차오가 변명인지 궤변인지 모를 말을 늘어놓았다. 지레 포기하는 것과 끝까지 최선을 다하는 것은 하늘과 땅 차이라며 전날 했던 말과 전혀 상반되는 이야기를 얼굴색 하나 변하지 않고 말했다. 나는 어이가 없으면서도 한편으로는 일리가 있는 말 같아 하마터면 고개를 조금 끄덕일 뻔했다. 타리의 비밀 장소 앞에서였다.

　그날 이후 우리는 아침마다 타리의 아지트 앞에서 만났다. 나는 늘 허겁지겁 달려갔지만, 차오는 언제나 그곳에 있었다. 냉동실에서 찾아낸 멸치 봉지를 들고 달려가는 발걸음이 가벼웠다. 살랑 불어오는 봄바람이 어서 가, 어서 하며 둥실 등을 밀어 주었다.

　"타리, 안녕."

　"밤새 잘 잤니?"

　타리가 한껏 기지개를 펴더니 귀를 쫑긋거리며 우리에게 다가왔다. 차오와 내가 타리에게 멸치를 주려고 할 때였다.

　"학생! 거기, 학생!"

　반짝이 아줌마가 초록이 무성한 반짝이 옷을 입고 빠른 걸음으로 다가왔다. 맙소사. 이런 걸 공범이라고 하나. 나는 들고 있던 멸치 봉지를 잽싸게 등 뒤로 숨겼다.

　"내가 먹이 주지 말라고 했지? 왜 말을 안 듣는 거니? 응?"

　차오가 차분한 목소리로 말했다.

　"고양이가 굶어 죽을지도 몰라요."

　"학생, 그건 내 알 바 아니야."

　아줌마가 눈을 치켜뜨며 목소리를 높였다.

　"계속 이렇게 고집 피우면 관리실에 민원 넣을 거고, 학생 학교에도 연락할 테니 그리 알아."

침착하게 듣고 있던 차오가 말했다. 그런 것쯤은 하나도 겁나지 않으니 아줌마 마음대로 하시라고.

나는 너무 놀라 하마터면 들고 있던 멸치 봉지를 떨어뜨릴 뻔했다.

차오가 물었다.

"아줌마, 우리가 배운 시며 노래는 다 거짓말인가요?"

뜬금없는 차오 질문에 아줌마가 당황했다. 차오는 아줌마의 대답을 기다리지 않고 말했다. 나비야, 나비야, 이리 날아오너라. 노랑나비, 흰나비, 춤을 추며 오너라. 한낱 나비도 부르지 않았냐고. 같이 살자고, 함께 노닐자고. 그게 더불어 사는 삶 아니냐고. 초등학교 시절 내내 그렇게 가르쳐 놓고선 어른들은 왜 노래와 다른 삶을 사냐며, 차오가 정말이지 숨도 쉬지 않고 말을 쏟아냈다. 이 노래가 그렇게 깊은 뜻을 담고 있었던가. 나는 그 와중에 머릿속으로 가사를 한번 되짚어 보다가 어버버 정신을 차렸다.

"아줌마 그거, 경비 아저씨 드릴 거죠? 이웃들 나눠 주시는 거 맞죠? 늘 그렇게 나누시는 거, 저 다 알아요."

차오가 아줌마가 들고 있는 쟁반을 눈짓으로 가리켰다. 그러곤 천천히, 조금 간절한 목소리로 말했다.

"저도 이거, 고양이 주고 싶어요."

어디선가 쇄아아 바람이 불어왔고 연둣빛 잎사귀들이 머리 위에서 사락사락 소리를 내며 흔들렸다. 아줌마는 들고 있던 쟁반, 그러니까 물기를 머금은 채 반짝반짝 빛나고 있는 딸기 소쿠리를 들고 이러지도 저러지도 못한 채 서 있었다. 방금 전 서슬 퍼렇던 기운은 흩날리는 분홍 벚꽃 잎과 함께 어디론가 사라져 버린 듯했다. 나는 숨기고 있던 멸치 봉지를 슬그머니 앞으로 꺼내 들었다. 등 뒤로 감춘 것이 멸치가 아니라 소신 없는 내 마음 같아 조금 아니, 많이 부끄럽다 생각하면서.

　　학교 가는 버스 안에서 물끄러미 차오를 바라보았다. 언젠가 아침, 너는 지각하는 게 아무렇지 않냐던 내 물음에 차오가 툭 던지듯 했던 말이 떠올랐다.

　　"어떤 것 앞에서는 자꾸만 속도를 늦추게 돼."

　　차오의 그 말은 난생처음 듣는 세상의 말 같았다. 나를 멈추게 하는 것과 나를 달리게 하는 것이 무엇일까? 태어나 한 번도 해 보지 않았던 질문이 내 속에서 태어나는 순간이었다. 개똥철학 같던 차오의 말들이 하나하나 새로이 곱씹어졌다. 지켜 주고 싶은 마음. 울타리가 되고 싶은 마음으로 지었다는 고양이 이름, 타리처럼.

　　그랬다. 차오는 매일매일 자신만의 질문을 찾으며 살고 있었다. 차오 말대로 물론, 난 아니었고.

며칠 뒤 아침. 차오가 아파트 화단에서 놀란 토끼 눈으로 나를 불렀다. 나는 허겁지겁 차오가 있는 곳으로 달려갔다. 반짝이 아줌마가 무슨 수를 썼나 보다 불길한 상상을 하면서. 이번에는 나도 가만히 있지 않겠노라 다짐하면서.

하지만 두근대며 도착한 그곳에는 예상치 못한 풍경이 펼쳐져 있었다. 타리 옆에 작고 앙증맞은 아기 고양이들이 오글오글 모여 있었다. 하나, 둘, 셋, 넷, 모두 네 마리. 타리가 새끼를 낳은 것이었다. 포실포실 살찐 줄로만 알았던 타리는 새끼를 배고 있었던 거였다.

"와아!"

어제는 세상에 없던 것이 오늘은 있다는 사실. 별일 아닌 듯 너무나도 별일인 사실에 가슴이 웅장해지더니 이내 뭉클해졌다. 태어나서 처음 느껴 보는 감정이었다. 이름도 없던 길고양이가 타리가 되고, 타리가 엄마 타리가 된다는 것은 정말이지 어마무시한 사건이었다. 적어도 나와 차오에겐 그랬다. 우리는 타리의 인생 아니, 묘생에 조금이나마 관여한 생명체니까. 적어도 좋은 방향으로.

"반짝이 아줌마 이제 더 난리치겠네. 이렇게 귀여운 아가들이 왜 싫다는 거지?"

차오가 사랑이 뚝뚝 묻어나는 눈망울로 고양이들을 보다가 이내 조금 슬픈 표정을 지었다.

하지만 며칠 지나지 않아 이렇게 귀여운 아가들에게 마음 한 조각을 떼어 둔 반짝이 아줌마의 흔적을 발견할 수 있었다. 아줌마가 늘상 들고 다니던 황금색 쟁반에 놓인 작은 밥그릇 네 개. 그리고 타리의 것으로 추정되는 커다란 밥그릇도 하나. 고양이 밥은 말할 것도 없었다. 그릇마다 수북수북 넘치게도 담아 놓았다. 아직 어린 꼬물이들은 먹지도 못하는 사료를 그렇게나 많이.

　우리는 서로의 얼굴을 쳐다보며 환호성을 질렀고, 타리와 네 마리 꼬물이들을 가슴 벅찬 기분으로 바라보았다. 아줌마의 이웃 사랑이 범지구적 생명 사랑으로 확장되는 순간. 그 순간의 최초 목격자가 된 기분은 정말이지 끝내줬다. 바나나우유라도 짠 하고 싶을 만큼 아주 많이.

　차오가 말했다.

　"좋다, 그치."

　"응."

　"믿기지 않는다, 그치."

　"응."

　차오가 하는 말이 고양이를 두고 하는 말인지 반짝이 아줌마를 두고 하는 말인지는 알 수 없었다. 하지만 그건 중요하지 않았다. 중요한 건 세상이 한 뼘쯤 더 따스해지고 포근해졌다는 것. 그리고 세상을 향해 조금은 다정하고 눈부신 기대를 품을 수 있게 되었다는 것이다.

타리는 알았을까. 새끼였던 자신이 하루만큼 꼭꼭 자라 이렇게 엄마가 되리라는 것을. 분홍색 혓바닥으로 부지런히 새끼들을 핥아 주는 타리를 보며 생각했다. 자란다는 것. 그것은 한때 새끼였던 어린 나를 두고 멀리 걸어가는 일인지도 모르겠다고. 나도, 차오도, 어쩌면 우리 모두가.

"학교 다녀오겠습니다!"

참치마요 삼각김밥을 입에 물고 힘차게 집을 나선다. 오늘도 나는 변함없이 달린다. 버스를 놓치고, 오르막을 오르고, 따앙 따앙 소리에 발걸음을 재촉한다. 오동찬이! 차오숙이! 이제는 세트바리로 늦나! 학생 부장 선생님의 목소리에 기겁하면서도 다시금 선생님을 향해 거침없이 뛰어간다. 타악! 핸들을 잡고 까딱, 고갯짓하는 기사님 버스를 언젠가는 꼭 한번 타 보겠노라 다짐하면서. 타리와 타리의 새끼들이 자라는 모습을 빠짐없이 지켜봐야지 생각하면서. 그렇게 우리는 자라날 것이다. 중1의 세계를 통과하며, 그렇게 우리는 봄을 지나 여름을 향해 달려간다.

고이

작고 사소해서 끝내 사랑할 수밖에 없는 이야기에 마음이 기웁니다. 부산일보 신춘문예에 당선되면서 작품 활동을 시작했고, 동화 『달걀이 탁!』을 썼습니다.

깊고 고요한 밤.
수많은 탄생의 소리가 들린다.
아이들에게서 태어나는 최초의 질문들.
세상이 아닌 나를 향해 가져 보는 첫 물음표가 별처럼 빛난다.

흔들리는 별이 그려 내는 숱한 무늬가 오답이 아님을,
가능성을 향해 나아가는 눈부신 흔적임을,
그것이야말로 진정한 나를 찾아가는 모험임을
아이들이 기억하길 바란다.

넘실거리는 파도의 역동처럼,
주체할 수 없는 에너지를 뿜어내며
힘차게 교문을 통과하는 아이들의 발걸음을 응원한다.
그 아름답고 건강한 걸음, 걸음을!

새끼의 탄생 _ 고이

김인기

{ ~~마법~~ 보건실 청소 담당 김민기 외 2인 }

김성운

윤보라

박성배

마법 보건실 청소 담당 김민기 외 2인

김민기는 자신이 꽃샘추위의 저주에 걸린 게 아닐까 의심했다.
어느 은퇴한 흑마법사가 대한민국 소도시 변두리에 있는 중학
교 앞을 서성거리다가 코딱지를 튕긴다는 게 그만 잘못해서 마
법을 쏘고 말았고, 하필 그 앞을 지나가던 딱 봐도 신입생인 게
분명한 어느 가엾은 남학생에게 주술이 걸려 버렸다는, 다소 황
당한 저주.

김민기는 이 웹툰이 꼭 자신의 얘기처럼 느껴졌다. 아니, 그랬
으면 좋겠다고 생각했다. 마법에 걸렸다면 풀려날 방법도 있을
테니까. 하지만 이곳은 마법 세계가 아니었고, 자신 또한 만화
주인공이 아니란 게 문제였다.

"미곰, 말 좀 빨리할 수 없어?"

모둠 활동 시간이었다. 김민기의 말을 듣고 있던 여자애가 툴툴거렸다. '미곰'은 김민기의 별명으로 미련 곰탱이의 줄임말이다. 큰 덩치 때문에 곰탱이, 행동이 굼뜨다고 미련이 붙었다.

"내 말이 그 말. 아주 속 터져 죽어요. 이거 강력 범죄로 엄히 다스려야 해."

맞은편에 앉은 남자애가 김민기를 향해 주먹을 흔들었다.

김민기는 말도 느리고 행동도 느려서 비호감으로 찍힌 지 오래였다. 천성이 그랬다. 반에서 미묘한 신경전이 일어날 때도, 사랑의 화살이 요리조리 날아다닐 때도 큰 눈을 끔뻑이기만 할 뿐, 약삭빠르게 누구 편에 선다거나 뒷이야기에 끼어드는 법이 없어서 애들 사이에서 김민기는 답답이로 통했다.

그래서일까. 중학생이 된 지 한 달이 지났지만 반 아이들과는 좀처럼 친해지지 못하고 있었다. 친하지 않은 정도가 아니라 아이들은 김민기에게 함부로 대해도 된다는 교칙이라도 있는 것처럼 굴었다. 김민기와 같은 조가 되었을 때 "아, 왜 우리 조야!" 하고 큰 소리로 불평을 늘어놓는다거나, 김민기 곁을 지날 때 조금의 접촉도 허용하지 않겠다는 듯 과장된 몸짓으로 어깨를 비튼다거나 하는 식으로.

"미안, 미안."

김민기가 조원들에게 사과하며 어색한 웃음을 지었다. 중학교에 온 뒤로 이렇게 어색하게 웃는 날이 많아졌다. 친구들이 구박할 때마다 어떤 표정을 지어야 할지 김민기는 알 수 없었다. 어떻게 친구들에게 다가가야 하는지도 배운 적이 없었다. 초등학교 때는 별다른 노력 없이 가능했던 일들이 중학교에선 왜 이렇게 어려운지 모를 일이었다.

"자, 수업은 여기까지 하고. 지난주에 예고했던 대로 오늘은 교내 봉사 활동을 정할 거야. 생각들 해 왔니?"

담임 선생님이 10분 일찍 수업을 끝내면서 물었다. 마침 마지막 교시가 담임의 과목이었다.

봉사 활동 목록에는 급식 도우미, 화단 가꾸기, 교실 문단속 등 다양한 항목들이 있었다. 피 터지는 가위바위보 끝에 학급 도서 정리처럼 비교적 손쉬운 활동순으로 지원자가 채워지고, 남은 건 보건실 청소와 문단속 관리였다.

"보건실 청소 담당할 사람?"

시끌벅적하던 교실이 찬물을 끼얹은 것처럼 조용해졌다.

"아무도 없을걸요."

누군가의 말을 시작으로 참았던 수다 본능이 터지기 시작했다.

"오하나를 추천합니다."

"아니에요, 곽수호가 한대요."

여기저기서 시답잖은 군말이 날아다녔다. 선생님이 탁탁 교탁을 두드렸다.

"장난치지 말고. 월, 화 이틀만 하면 되는데, 정말 없어?"

썰렁한 공기가 다시 한번 교실을 뒤덮었다. 청소라면 다들 질색인 데다, 수업이 끝난 뒤 따로 남아야 해서 선뜻 나서는 사람이 없었다. 거기다 올해 새로 온 보건 선생님의 정체가 기묘하다는 소문까지 더해지면서 상황은 더 안 좋았다.

지원자가 없으면 가위바위보에서 진 사람이 해야 한다고 선생님이 엄포를 놓자 아이들은 야유를 퍼부었다.

"남은 사람 누가 있지?"

선생님이 명단이 적힌 종이를 뒤적였다. 손가락이 종이 맨 밑에 다다랐을 때 누군가 손을 들었다.

"……제가 할게요."

김민기였다.

"오, 미곰."

아이들이 김민기를 바라보며 키득거렸다.

"미곰 불쌍해서 어떡해."

누군가 장난기 섞인 목소리로 말하자,

"그럼 네가 같이하든가."

"내가 왜. 내가 찐따냐?"

조롱이 이어졌다.

결국, 보건실 청소는 더 이상의 지원자가 없어 김민기 혼자 하는 것으로 결정 났다.

종례가 끝난 교실은 어수선했다. 아이들은 봉사 활동 얘기를 나누며 와자지껄하게 교실을 빠져나갔다. 서로의 어깨에 손을 올리거나 팔짱을 끼면서. 혹은 가방에 걸린 인형을 잡아당기거나 외투에 달린 모자를 정리해 주면서.

김민기는 그 풍경을 물끄러미 바라보았다. 삼삼오오 무리를 지어 다니는 아이들 사이에서 혼자인 게 싫어 물통에 남은 물을 마시는 척 최대한 시간을 끌었다. 문득 서글픔이 밀려왔다. 초등학교 땐 이렇지 않았는데. 불과 두어 달 전까지만 해도 자신도 이 평범한 풍경 속 일부였다고 생각하자 울컥하는 마음이 들었다.

집 앞에 있는 중학교를 두고 열 명 남짓 가는 마음중에 배정된 것이 새삼 서러웠다. 핸드폰 속 초등학교 친구들은 학교에 적응했는지 점점 답장하는 횟수가 줄었다. 김민기는 친구들과 주고받은 메시지를 물끄러미 바라보다 핸드폰을 도로 가방에 집어넣었다. 이제 가도 좋을 시간이었다.

아이들이 빠져나간 복도는 고요했다. 산과 맞닿아 있어서인지 그늘진 복도는 유난히 춥고 어두웠다. 그런 김민기의 마음을 아는지 모르는지 창밖에선 벚꽃 잎이 눈부시게 흩날렸다.

꼼수나 잔꾀라고는 모르는 신입생 김민기는 그 길고 어두운 복도를 그 후로도 착실하게 오갔다. 인생이란 시계태엽이 어떤 장난을 준비했는지 상상도 하지 못한 채 뚜벅뚜벅.

＊

"학교 가기 싫어."

월요일 아침부터 김민기의 입에서 깊은 한숨이 새어 나왔다. 집을 나설 때마다 땅덩이를 들어 올리는 것처럼 발걸음이 무겁기만 했다.

버스에서 내린 김민기는 카드 지갑에 달린 끈을 돌돌 말아 주머니에 넣었다. 30분이나 버스를 타고도 학교까지는 10분 넘게 걸어야 했다. 게다가 그 길은 오르막이었으니 고역도 이런 고역이 없었다.

"허억, 허억."

무거운 다리를 끌고 언덕을 오르는데 어디선가 거친 숨소리가 들려왔다. 목덜미에 달라붙는 더운 입김과 소름은 덤으로.

"어우, 깜짝이야!"

뒤를 돌아본 김민기는 하마터면 바닥에 주저앉을 뻔했다. 김이 서린 두꺼운 안경을 쓴 웬 여학생이 김민기의 책가방에 바짝 붙어 있었기 때문이다. 공포 영화의 한 장면처럼 괴기스럽기 그지없는 모습이었다.

반면 김민기와 눈이 마주친 안경 여학생은 희귀 생물을 발견한 과학자처럼 놀라움과 경이로움에 가득 찬 표정을 지었다.

당황한 김민기가 몇 발자국 뒤로 물러서자 안경이 "어어, 어어……!" 하고 의미를 알 수 없는 소리를 내뱉었다.

이, 이건 뭐지?

김민기가 혼란에 빠져 있는 사이, 안경이 더듬더듬 손을 뻗었다. 위기 상황임을 감지한 김민기는 홱 돌아서서 최대한 빠르게 자리를 벗어나려 했다. 그러자 안경도 뒤질세라 그에 맞춰 속도를 올렸다.

"엄마야!"

급기야 김민기는 뛰기 시작했다. 김민기가 뛰는 일은 드물었다. 정말로 드물었다. 가까스로 교문 앞에 도착한 김민기는 무릎에 손을 올린 채 숨을 헐떡였다. 하얗게 질린 얼굴로 주위를 두리번거렸을 때 다행히 안경의 모습은 보이지 않았다. 김민기는 가슴을 쓸어내렸다.

아까는 너무 놀라 앞뒤 재지 못했지만, 몸이 식은 뒤 다시 생각해 보니 안경은 그저 평범한 학생이었는지도 몰랐다. 그렇게 소리 지르며 헐레벌떡 도망칠 일은 아니었는데. 김민기는 어쩐지 미안한 마음이 들었다. 다음에 만나면 사과해야겠다고 중얼거리다가 다시 만날 일이 뭐가 있겠어, 고개를 털며 천천히 교실로 향했다.

오전에 궂은일을 겪어서 그런지 김민기의 하루는 무난하게 흘렀다. 보건실 청소만 마치면 오늘 일과도 끝이었다. 지난 2주 동안 경험해 본 바로, 보건실 청소는 생각보다 수월했다. 청소하는 날은 일주일에 두 번뿐이었고, 각 반에서 사소한 교칙을 어긴 학생들이 벌 청소를 하러 오기도 했으므로 그다지 힘든 건 없었다.

보건 선생님을 두고는 왜 그런 소문이 돌았는지 의아했다. 조금 깐깐한 데가 있지만 음침한 사람은 아니었고, 이상한 주문 같은 걸 외지도 않는데 뭐가 기묘하다는 걸까. 역시 소문은 소문일 뿐.

"안녕하세요."

김민기가 들어서자 보건 선생님이 자리에서 벌떡 일어나 문밖을 살폈다. 그러고는 갸웃한 얼굴로 혼잣말을 중얼거렸다.

"올 때가 됐는데 아직인가 보네."

누군가를 기다리는 모양이었다.

선생님은 새로 들어온 약품 상자를 책상에 올려놓고서 양치컵을 챙겨 밖으로 나갔다. 이제부터 혼자만의 시간이었다.

김민기는 창문을 열고 청소를 시작했다. 오후의 햇살을 받은 먼지들이 신비로운 빛을 띠며 김민기 주위를 떠다녔다.

"후유, 다 했다."

막 청소를 끝내고 빗자루를 넣으려는 찰나, 여학생 한 명이 머리카락을 휘날리며 보건실로 뛰어들었다. 김민기가 놀란 눈을 하자, 여학생도 그 못지않게 놀란 얼굴이 되었다.

"넌, 3반 미련 곰탱이?"

여학생이 물었다. 그러곤 상대가 대답할 틈도 주지 않고,

"난 2반 조수영인데."

제 할 말을 했다. 숨이 넘어갈 듯 헐떡거렸다.

"진짜 미안한데, 내가 당번인 거 깜박했거든."

이 날씨에 땀까지 삐질삐질 흘리는 걸 보니 어지간히 급하게 뛰어온 모양이었다. 보건 선생님이 기다리던 사람이 이 아이인가?

"으응, 괜찮……."

김민기의 말이 채 끝나기도 전에 보건 선생님이 민트 향을 풍기며 돌아왔다. 절묘한 타이밍이었다.

"청소 다 했어?"

선생님이 보건실을 훑으며 물었다.

"네."

조수영이 잽싸게 대답했다.

선생님의 시선이 조수영이 메고 있는 책가방으로 향했다. 숨을 헐떡이는 조수영. 손에 빗자루를 들고 있지 않은 조수영. 누가 봐도 조수영은 지금 막 보건실에 도착한 모습이었다.

"여학생, 학생도 같이 청소한 거 맞아?"

"네, 맞아요."

이번엔 김민기가 빨랐다. 조수영이 김민기를 곁눈질했다.

"그래?"

보건 선생님은 '믿기지는 않지만 믿어 주지' 하는 표정으로 고개를 끄덕끄덕했다.

"자, 이거 하나씩 가져가."

선생님이 빵 봉지를 내밀었다. 옆구리로 새어 나온 새하얀 생크림이 구름만큼 풍성한 빵이었다. 보기만 해도 부드럽고 달콤한 맛이 느껴졌다.

"전 그럼 가도 되죠?"

"그래. 다음부턴 늦지 말고."

선생님의 대답이 공중에 흩어지기도 전에 조수영이 보건실을 뛰쳐나갔다. 조수영이 일으킨 것인지, 열어 놓은 창으로 들어온 건지 모를 바람 한 조각이 보건실 안을 휘감았다. 보건 선생님과 김민기의 눈이 마주쳤다. 못 말린다는 듯 피식 웃고야 마는 선생님. 그 웃음 덕분에 김민기의 기분도 한껏 상큼해졌다.

흥얼흥얼 콧노래를 부르며 나오다가 중앙 현관 앞에서 다른 반 여자애들과 마주쳤다. 무리 중 하나가 친구의 옆구리를 쿡 찔렀다.

"야, 니 남친 지나간다."

"우씨, 뭐래?"

여자애들이 깔깔거렸다.

못 들은 척, 아무렇지 않은 척. 김민기는 손에 든 운동화를 최대한 소리 나지 않게 바닥에 내려놓았다. 마음이 급해서일까. 신발에 발을 꿰려는데 운동화가 자꾸만 옆으로 누웠다.

"쟤 뭐 하냐."

"미련 곰탱이 인증."

여자애들이 키득거렸고, 김민기의 귀는 불타오르듯 벌게졌다. 현관 유리문에 덩치 큰, 초라한 모습의 남자애가 비쳤다. 동물원에 갇힌 볼품없는 곰 한 마리를 보는 것 같았다. 간신히 신발을 신고 밖으로 나오자, 문 뒤에서 폭소가 터져 나왔다.

운동장으로 나온 김민기는 참았던 숨을 한꺼번에 몰아쉬었다. 아이들과 있을 때면 자신도 모르게 자꾸만 숨을 참게 되었다. 좋았던 기분이 한없이 가라앉았다. 눈물이 날 것 같아 김민기는 퍼뜩 하늘을 올려다보았다. 우중충한 기분과 달리 하늘은 티 없이 맑고 파랬다. 쨍그랑 깨뜨리고 싶을 만큼.

터덜터덜 걸어 김민기가 도착한 곳은 후미진 골목 평상이었다. 학교 근처 오르막에서 지름길을 찾다가 발견한 골목이었다. 학교와 학원 사이에 애매하게 남는 시간을 여기서 때울 작정이었다. 평소라면 편의점이나 문구점에 들렀겠지만, 오늘은 아무하고도 마주치고 싶지 않았다.

김민기는 평상에 걸터앉아 보건 선생님에게서 받은 빵을 꺼냈다. 빵 봉지를 뜯는 김민기의 손이 미세하게 떨렸다.

"어쩌다가 내가 미련 곰탱이가 됐지?"

참았던 눈물이 핑 돌았다. 3년 내내 이렇게 지내야 한다고 생각하니 가슴이 꽉 막혔다.

살을 빼면 달라지려나. 어젯밤엔 말을 빨리하는 연습도 했다. 하지만 그런다고 아이들이 자신을 좋아해 줄까? 확신할 수 없었다. 무엇보다 변한 자신을 친구들이 좋아해 준다면 그것 역시 상처가 될 것 같았다.

김민기는 한숨과 함께 힘없이 빵 봉지를 내려놓았다.

"그거······."

등 뒤에서 희미한 소리가 들렸다.

"······나 먹어도 돼?"

"으앗, 깜짝이야!"

김민기는 소스라치게 놀랐다.

언제 왔는지 아침에 봤던 그 안경 여학생이 수줍게 얼굴을 붉히며 눈을 반짝이고 있었다. 수줍든지 눈을 빛내든지 하나만 하라고······!

"근데, 누구세요?"

입안 가득 빵을 쑤셔 넣고 있는 안경을 향해 김민기가 조심스럽게 물었다. 안경은 김민기가 묻는 말에 대답하는 대신 며칠 굶은 사람처럼 참 맛있게도 빵을 먹었다.

"이 빵 진짜 오랜만이다. 맛있는데 왜 단종됐지?"

멀쩡하게 잘만 나오는 빵을 두고 생산 중단이라니. 엉뚱한 소리를 하는 게 아무래도 머리가 좀 이상한 사람인 것 같았다. 그렇다면 피하는 게 상책이지.

"그럼…… 드세요."

김민기는 슬그머니 책가방을 챙겨 조심조심 뒷걸음질쳤다. 그리고 모퉁이를 돌자마자 최대한 빠른 속도로 달리기 시작했다.

'저 애 볼 때마다 뛰게 되네?'

김민기는 울상을 지으면서도 행여나 여학생이 쫓아올까 봐 중간중간 뒤돌아보는 것을 잊지 않았다. 누가 그랬던가. 우연이 반복되면 인연이라고.

'아니야, 두 번까지는 우연이야.'

김민기의 읊조림이 어느 때보다 간절하게 들렸다.

*

화요일. 보건실로 내려가는 김민기의 마음이 다급했다. 담임 선생님이 종례를 오래 끌어서 청소 시간에 늦었기 때문이다. 보건 선생님께 야단맞으면 어떡하지? 잔뜩 겁을 먹고 내려왔는데, 보건실 안에는 처음 보는 남학생과……

"왔구나!"

……머리가 좀 이상한 안경 여학생이 있었다.

안경이 함박웃음을 지으며 김민기를 맞았다. 마치 기다리고 있었다는 듯이.

김민기는 오소소 소름이 돋았다. 무언가 단단히 잘못되었음을 직감하며 일단 보건 선생님이 어디 계신지 살피는데,

"선생님은 심폐 소생술 교육 있다고 나가셨어."

기가 막히게 눈치 빠른 안경이 선생님의 행방을 알려 주었다.

"청소는 나랑 박 선배가 다 했어."

안경의 말에 김민기가 남학생을 쳐다보았다. 저 형이 박 선배? 선배라고 부르는 걸 보니 남학생은 2학년이나 3학년쯤 되는 것 같았다. 둘이 친한가? 그렇다면 안경도 아주 이상한 사람은 아니겠지? 하는 생각이 들었다.

"죄송해요. 종례가 늦게 끝나서."

김민기가 특유의 느릿느릿한 말투로 사과했다.

"아냐, 별로 할 것도 없던데 뭘. 아, 그리고 내 이름은 윤보라야. 다들 눈보라라고 불러."

눈보라…….

김민기는 첫인상과 다르게 안경의 별명이 참 근사하다고 생각했다. 도도하면서도 낭만적인 분위기가 풍기는. 그러니까 미곰하고는 차원이 다른 별명이었다.

"주, 주세요."

어정쩡하게 서 있던 김민기가 퍼뜩 정신을 차리고 박 선배의 손에서 빗자루를 빼앗았다.

"근데 같은 학년끼리 왜 높임말을 써?"

박 선배가 처음으로 입을 열었다.

"선배님……이시라고…….."

김민기가 두 손을 공손하게 펼쳐 말의 진원지인 윤보라를 가리켰다.

"나 신입생인데. 1학년."

박 선배가 또박또박하게 말했다.

그 순간 박 선배 가슴에 달린 명찰이 김민기 눈에 들어왔다. 때마침 햇살을 받아 번드르르하게 빛나는 초록색 명찰이.

박성배.

그랬다. 그는 박 선배가 아니라 박성배였다.

세 사람은 각각 침상과 의자에 걸터앉아 윤보라가 가져온 바나나맛 우유를 마셨다. 5반인 박성배는 아침에 깜빡하고 핸드폰을 제출하지 않은 벌로 일주일 동안 보건실 청소를 맡게 되었다고 했다.

"우리도 너 오기 10분 전에 여기서 처음 만났어."

박성배가 윤보라와의 첫 만남을 설명했다.

"근데 너도 1학년 맞아?"

잠자코 듣고 있던 김민기가 윤보라를 향해 조심스레 물었다. 껑충 큰 키에 펜을 꽂아 대강 묶은 머리, 두꺼운 뿔테 안경. 교복

에 새겨진 학교 마크 색깔로 봐서는 동급생이 분명한데, 아무리 봐도 1학년처럼은 안 보였다.

"난 3학년이지. 아니, 지금은 1학년이고."

윤보라가 횡설수설했다. 혹시 학교를 휴학했었나? 하는 생각이 머릿속을 스쳤지만, 개인 사정을 캐묻기가 조심스러워 김민기는 이쯤에서 입을 다물었다. 궁금하기는 박성배도 매한가지였는지 윤보라 옆에 다슬기처럼 붙어 몇 반이냐고 속살거렸다.

1반? 2반? 박성배가 숫자를 나열하고 있을 때, 학생 하나가 벌컥 문을 열었다.

"보건 선생님이 청소 다 했으면 가도 된대."

순간, 정적이 흘렀다.

세 사람은 하던 얘기를 중단하고 어색하게 서로를 바라보았다.

"그럼…… 난 이만 가 볼게……."

김민기가 쭈뼛쭈뼛 자리에서 일어났다. 윤보라도 덩달아 침상에서 털썩 뛰어내렸다.

"학원 가야 하지?"

윤보라가 물었다.

"응."

"수학?"

김민기가 멈칫했다.

"……응."

"역시!"

수학 학원 가는 게 그렇게 기뻐할 일인가 싶을 정도로 윤보라는 환하게 웃었다.

"어……떻게 알았어?"

김민기의 물음에 윤보라가 묘한 미소를 지었다.

"넌 내가 낯설겠지만, 난 너를 잘 알거든."

일순, 김민기의 얼굴이 구겨진 종이처럼 시무룩하게 변했다. 윤보라의 말이 김민기 귀에는 '넌 전교에서 소문난 비호감이잖아'라는 소리로 들렸기 때문이었다.

"그 정도는 나도 맞히겠다. 웬만한 중학생이라면 영수 학원은 거의 다니지 않나?"

박성배가 끼어들자, 그런 이유라면 다행이라는 듯 김민기 얼굴에 안도하는 기색이 떠올랐다.

"가자, 가자."

윤보라가 가방을 툭툭 치며 김민기의 등을 떠밀었다. 박성배가 뒤따라 나오며 보건실 문을 닫았다. 세 사람은 나란히 학교 운동장을 걸었다. 펜스 한쪽에서 운동부의 기합 소리가 퍼져 나왔다. 친구들과 학교를 거니는 건 정말 오랜만이었다. 중학교에 들어와서는 처음 있는 일이었다. 괜히 배 속이 간지러워 김민기는 실없이 웃었다. 헙, 헙, 기합 소리에 맞춰 김민기의 걸음에도 힘이 들어갔다.

"몇 번 버스 타?"

학교 앞 버스 정류장에서 박성배가 물었다.

"나는 저 아래 정류장에서 67번."

"나돈데!"

김민기의 대답에 박성배가 이벤트에 당첨된 사람처럼 반가워
했다.

그리고 반 박자 늦게 들려온 윤보라의 목소리.

"……나도."

누가 봐도 거짓말인 게 티가 났지만 박성배와 김민기는 그저
킥킥 웃기만 했다.

세 사람은 오늘 처음 만났는데도 오래된 친구처럼 마음이 잘
맞았다. 웃음이 터질 때마다 벚나무의 푸릇푸릇한 잎사귀 사이
로 햇살이 눈을 찔렀다 물러나기를 반복했다. 시간이 눈치 없이
빠르게 흐르는 것 같았다.

*

등교 시간, 뒷문으로 들어서던 김민기와 교실에서 나오던 오
하나가 살짝 부딪쳤다. 오하나가 교복 재킷을 털며 인상을 찌푸
렸다.

"미곰, 앞 좀 보고 다녀!"

"어, 그래. 너도 조심해."

오하나는 복도로 나가려다 멈칫했다. 김민기의 말이 오하나에게 묘한 감정을 불러일으켰기 때문이다. 조금 전 그 말은 주의를 주는 것 같기도 하고, 자신을 은근히 걱정해 주는 말 같기도 했다. 차분한 말투와 부드러운 음성 때문에 그렇게 들렸는지도 모른다. 어쨌든 달콤쌉싸름한 초콜릿을 먹은 것처럼 마음이 달떴다. 오하나는 자리로 들어가는 김민기의 뒷모습을 보면서 쟤한테 저런 면이 있었나? 생각했다.

정작 김민기는 별생각 없이 자리에 앉아서 차분하게 수업을 준비했다. 진로 탐색, 국어, 음악, 수학, 기술·가정이 차례로 지나갔다. 오늘은 좋아하는 수학이 있어서 평소보다 시간이 잘 갔다.

학교가 끝나고 김민기는 평소와 다름없이 혼자 교실을 나섰다. 그러다 무언가 떠올랐는지 별안간 방향을 바꾸어 어딘가로 향하기 시작했다. 타박타박. 김민기의 걸음이 보건실 앞에서 멈추었다.

"도와줄까?"

느닷없는 목소리에 박성배가 고개를 돌렸다. 반쯤 열린 문 앞에서 김민기가 선하게 웃고 있었다. 김민기는 오늘 청소 당번이 아니었지만, 박성배는 아직 벌 청소가 남아 있었다.

"짜식, 의리 있네."

박성배의 입꼬리도 반가움을 감추지 않았다. 보건 선생님이 약품 정리를 하다가 그런 두 사람을 보고 씽긋 웃었다.

　청소는 금세 끝났다. 둘은 게임 이야기를 나누며 버스 정류장으로 향했다.

　"그러고 보니 오늘은 보라가 안 보이네."

　박성배의 말이 끝나기 무섭게 버스 정류장에서 윤보라가 손을 흔들었다. 셋은 함께 편의점에 들렀다. 윤보라는 김민기라면 절대로 시도해 보지 않을 독특한 맛의 젤리를 사서 김민기와 박성배의 입에 밀어 넣었다.

　"웩."

　박성배가 토하는 시늉을 하며 혀를 쭉 내밀자 윤보라가 폴짝폴짝 뛰면서 좋아했다.

　김민기와 박성배는 다음 날부터 쉬는 시간에 만나 실없는 농담을 주고받았다. 윤보라에 관한 얘기도 있었다. 어딘가 모르게 누나 같은 면이 있다거나 바람같이 나타났다가 바람같이 사라진다거나 하는. 그러고 보니 두 사람 다 학교에서 윤보라를 본 적이 없었다. 윤보라는 언제나 하교 후에나 모습을 드러내곤 했다.

　말이 나온 김에 두 사람은 윤보라를 찾아보기로 했다. 쉬는 시간 내내 이 반 저 반을 돌아다녔지만 어디에서도 윤보라의 모습은 보이지 않았다.

　"결석한 건가?"

　"글쎄."

각자 반으로 돌아가기 전 박성배가 김민기에게 말했다.

"나 동아리 모임 있어서 오늘은 집에 같이 못 가."

"오케이."

씩씩하게 대답했지만, 막상 하교 때가 되자 허전한 마음이 드는 건 어쩔 수 없었다. 며칠 친구들과 같이 다녔다고 벌써 혼자인 게 어색했다. 김민기는 교실에서 가까운 중앙 계단 대신 복도 끝에 있는 계단을 이용해 일 층으로 내려왔다. 오늘은 왠지 그러고 싶었다. 그렇게 빙 둘러 보건실을 지나치다 무심코 고개를 돌렸을 때, 그 안에서 낯익은 얼굴을 보았다.

"보라야, 여기서 뭐 해?"

"어? 김민기다! 네가 어떻게……. 선생님은 회의 있으시대."

문을 열고 들어오는 김민기를 향해 다짜고짜 설명부터 하는 윤보라. 김민기가 웃었다.

"선생님 대신 보건실 지키는 거야?"

"그럴 리가."

윤보라가 격하게 고개를 흔들었다. 그러고는 죄를 고백하는 학생처럼 시무룩하게 말했다.

"요일을 착각했어. 네가 청소하는 날인 줄 알고 왔는데 아니더라. 집에 같이 가려고 했는데."

"우아, 감동. 나 찾아오는 사람이 다 있네."

김민기가 눈을 반짝였다.

하지만 곧 어색한 침묵이 흘렀다. 우연히 만난 건 반가웠지만, 이제 무슨 대화를 나누어야 할지. 침상 위에 앉은 윤보라가 시계 초침처럼 붕 뜬 다리를 까딱까딱 흔들었다. 그러고 보니 박성배 없이 두 사람만 있는 건 처음이었다. 아니, 이렇게 친해진 후로는 처음이었다.

"내 별명 기억해?"

침묵을 깬 건 윤보라였다.

김민기가 고개를 끄덕였다. 눈보라. 그걸 어떻게 잊어. 내가 들어 본 별명 중에 가장 도도하고 멋진 별명인데. 김민기가 속으로 중얼거렸다.

"그거 내 머리에 비듬이 많아서 붙여진 별명이다?"

윤보라의 얼굴이 자그마한 선물을 전하는 사람처럼 살짝 붉어졌다.

"나 왕따 비슷했거든. 비듬 때문에. 근데 어떤 애가 매일 나한테 말 걸어 줬어. '그 펜 어디서 샀어? 나도 한번 써 봐도 돼?' 그런 사소한 말. 그 애가 자꾸 나한테 말 거니까 다른 애들도 조금씩 나한테 다가오더라."

왕따란 말에 김민기는 가슴이 철렁했다. 무슨 말이라도 건네고 싶지만 지금 자신이 누구를 위로해 줄 처지가 아니었다. 그나마 윤보라의 표정이 어둡지 않아 다행이었다.

"어? 왜 이러지?"

말을 하다 말고 윤보라가 갑자기 안경을 벗어 눈을 비볐다. 안색이 안 좋았다.

"어디 아파? 눈에 뭐 들어갔어?"

김민기가 걱정스럽게 바라보자 윤보라가 짚이는 데가 있다는 듯 체념한 말투로 중얼거렸다.

"아무래도 시간이 다 된 것 같아."

"시간? 무슨 시간?"

김민기가 물었다.

"있지, 실은 나 3학년이야."

느닷없는 윤보라의 고백에 김민기는 당황했다.

중3이었어? 어쩐지 1학년 같지 않더라니……. 윤보라가 학교에서 보이지 않았던 것도 이제 이해가 됐다. 1학년과 3학년은 다른 건물을 쓰니까 마주칠 일이 없었던 거다.

하지만 동시에 김민기의 머릿속에는 커다란 의문이 떠올랐다. 그런데 왜 1학년이라고 속였을까. 장난이라고 하기엔 그동안 윤보라가 보인 행동은 너무도 진심처럼 느껴졌다. 게다가 지금 입고 있는 교복은 또 어떻고. 만약 윤보라가 3학년이라면 빨간색 학교 마크가 새겨진 교복을 입고 있어야 했다. 하지만 윤보라의 교복에는 올해 1학년 색깔인 초록색 마크가 새겨져 있다.

그런 김민기의 마음을 읽었는지 윤보라가 손을 들어 보였다.

"다 설명할게. 그러니까 일단, 그냥 들어 줘."

김민기는 어지러운 생각을 멈추고 윤보라가 해명할 시간을 주기로 했다.

"진짜 이상하게 들릴 거 아는데……."

윤보라가 침을 꿀꺽 삼켰다.

"나 사실 미래에서 왔어. 2년 뒤 세계에서. 거기선 우리 둘 다 3학년이고, 같은 반이야."

"뭐라고? 어디에서 왔다고?"

참지 못하고 김민기가 입을 열었다. 김민기가 낼 수 있는 가장 빠른 속도였다.

"야아, 장난하지 마. 만우절 지난 지가 언젠데……."

김민기가 윤보라의 눈치를 살피며 억지웃음을 지었다. 윤보라는 웃지 않았다. 진지한 표정의 윤보라를 보자 김민기는 덜컥 겁이 났다.

"윤보라, 너 진짜 왜 그래……요."

윤보라는 기왕 이렇게 된 거 모조리 말하자고 마음먹었는지 김민기의 팔을 붙잡고 강한 어조로 말을 건넸다.

"김민기, 잘 들어. 너, 미래에선 인기 많아. 친구도 많고. 수학 좋아하는 것도 지금이랑 똑같아."

순간, 김민기의 눈이 커다래졌다.

"나 그때는 수학 잘해?"

윤보라가 김민기의 시선을 피했다.

"······좋아해. 좋아만 해."

"아."

김민기의 얼굴이 풀 죽은 강아지처럼 시무룩해졌다. 그런 김민기를 보고 윤보라가 웃음을 터뜨렸다. 팽팽하게 감돌던 긴장이 그 웃음 하나로 완전히 깨졌다.

푸딩처럼 분위기가 말랑말랑해지자 김민기가 조심스럽게 물었다.

"그런데 나한테 친구가 많다는 거, 진짜야?"

"응, 진짜야."

"혹시 나 살 빠졌어?"

윤보라가 고개를 저었다.

"아니, 지금이랑 비슷해."

김민기가 또 한 번 침울해했다.

"그럼 말을 잘해?"

"딱히?"

"그런데 어떻게 인기가 있어?"

"으이구!"

윤보라가 김민기의 어깨를 콩콩 두드렸다.

"네가 좋은 사람이니까 그렇지. 좋은 사람인 거랑 외모, 말재주 그딴 건 아무런 상관없어. 애들은 네가 친절하고 다정해서 좋다고 하더라."

윤보라가 동생을 어르듯 조곤조곤하게 설명했다. 미래에선 동갑일지 몰라도 어쨌든 중3인 윤보라가 2년을 거슬러 중1의 세계에 왔으니 누나는 누나인 셈이었다.

"그런데 말이야, 여긴 어떻게 왔어? 왜…… 왔어?"

"그건……."

윤보라가 말끝을 흐렸다. 김민기는 윤보라의 얼굴을 뚫어지게 쳐다보며 다음 말을 기다렸다.

윤보라는 2학년 2학기 때 전학 왔다. 지루성 두피염이 심해 독한 약을 먹고 있을 때였다. 병원에 다녀도 좀처럼 낫질 않아서 머리에 덕지덕지 비듬을 붙이고 다녔는데 그 바람에 비호감으로 찍히고 말았다. 가뜩이나 전학생이라 친구가 없던 윤보라는 눈보라로 불리며 반에서 공공연하게 따돌림을 당했다. 윤보라의 성격상 구질구질하게 친구들에게 매달릴 생각은 없었다. 오는 사람 안 막고 가는 사람 안 잡는다는 마음으로 지냈다.

그랬던 윤보라의 학교생활이 달라진 건 김민기를 만나면서였다. 3학년에 올라오면서 같은 반이 된 김민기는 윤보라에게 스스럼없이 다가왔다. 김민기는 성격이 좋아서 친구들이 많았다. 그런 김민기가 윤보라를 친근하게 대하자 주변의 공기가 달라졌다. 어느새 윤보라에게도 친한 무리가 생겼다.

그리고 문제의 그날이었다. 배가 아파서 수업이 끝난 뒤 보건실에 들렀는데 김민기가 있었다. 어디서 넘어졌는지 무릎에 피가 나고 있었다.

"학생은 어디가 아파서?"

보건 선생님이 윤보라에게 물었다. 그 바람에 고개를 든 김민기와 윤보라의 눈이 마주쳤다.

"어? 너도 다쳤어?"

놀란 김민기 앞에서 생리통 때문이라고 말할 수는 없었다.

"아, 아니. 다 하면 말씀드릴게요."

보건 선생님은 대충 뭔지 알겠다는 듯 입술을 오므리며 고개를 까딱거렸다.

의자에 앉으려다 말고 윤보라가 바닥에 떨어진 종이를 휴지통에 넣었다. 흘깃, 그 모습을 본 보건 선생님이 한숨을 내쉬었다.

"요번 청소 담당은 너무 대충대충 하네. 민기 넌 내가 안 시킨 곳까지 깨끗하게 청소하고 그랬는데 말이야."

올해로 3년째 근무 중이라는 보건 선생님과 김민기는 무척 친해 보였다. 처치가 끝났는지 선생님이 보건 일지를 펼치며 말을 이었다.

"너 1학년 때, 친구 없이 혼자 다닐 때 내가 한 말 기억해? 조금만 있으면 친구 많이 생길 거라고 내가 그랬잖아. 진짜 내 말대로 됐지?"

"근데 그걸 어떻게 아셨어요? 전 왕따에서 못 벗어날 줄 알았는데."

보건 선생님의 옆얼굴이 활짝 웃고 있었다.

"너처럼 성실하고 선한 애는 시간이 좀 걸려도 언젠가는 사람들이 알아봐 주게 돼 있거든. 그걸 모르는 게 더 이상한 거지."

두 사람의 대화를 듣던 윤보라는 속으로 놀랐다. 김민기 같은 애도 외톨이였던 적이 있구나.

그 시절 이야기를 하는 김민기의 눈은 무척 쓸쓸해 보였다. 김민기도 자신처럼 외로웠겠구나, 생각하니 가슴이 시렸다. 김민기가 어떤 마음이었을지 다른 애들은 몰라도 윤보라는 아니까.

윤보라는 할 수만 있다면 1학년 때로 돌아가 김민기에게 친구가 돼 주고 싶었다. 김민기가 자신에게 그러했듯 다정하게 말을 걸고, 시시껄렁한 농담을 주고받고 싶었다. 이룰 수 없는 소망이지만 윤보라는 진심으로 그렇게 생각했다.

그때 보건 선생님이 고개를 돌렸고, 윤보라와 눈이 마주쳤다. 순간 선생님의 얼굴에 미소가 스쳤다. 왠지 모든 걸 꿰뚫어 보는 듯한 미소에 속마음을 들킨 것 같아 윤보라는 화들짝 고개를 숙였다.

그리고 얼마 후 약을 받아 나온 윤보라 앞에 김민기가 있었다. 친구들과 장난치며 걸어가는 익숙한 뒷모습이 어딘가 모르게 슬픔을 간직한 것 같았다.

'윤보라, 오버하지 마. 김민기는 지금 누구보다 잘 살고 있다고.'

윤보라는 쓸데없는 생각을 떨쳐 버리려 고개를 흔들었다. 그런데 눈이 침침해지더니 윤보라의 눈에 자꾸만 한 뼘 작고 통통한 신입생 김민기가 겹쳐 보였다.

"내가 왜 이러지?"

윤보라는 안경을 벗고 눈을 비볐다. 교복 셔츠에 안경알을 쓱쓱 닦고 다시 얼굴에 썼을 때, 눈앞의 김민기, 친구들과 시시덕거리며 앞서가던 김민기는 온데간데없고, 어정쩡하게 큰 교복을 입은 신입생 김민기만이 남아 헐떡거리며 언덕을 오르고 있었다.

이야기를 끝낸 윤보라의 눈앞이 또다시 부예졌다.

"김민기, 나 이제 진짜 가야 하나 봐."

"버, 벌써? 이렇게 갑자기?"

김민기가 허둥대며 어쩔 줄 몰라 했다.

"영화에서 보면 시간 여행을 한 사람들은 기억을 잃어버리잖아. 어쩌면 우리도 그렇게 될지 몰라. 그래도 이거 하나만 기억해 줄래?"

윤보라의 목소리가 가늘게 떨렸다.

"미래에는 네 모습 그대로의 널 좋아하는 친구들이 있다는 거."

"……"

김민기의 눈에 동그랗게 눈물이 차올랐다.

너무나 듣고 싶었던 말. 그 말을 이런 식으로 듣게 될 줄은 상상도 하지 못했다.

이 순간 김민기 역시 윤보라에게 해 주고 싶은 말이 많았다. 너는 이제 괜찮아? 내가 도움이 됐다니 다행이야, 같은. 그리고 그 얘기를 들려주기 위해 이렇게 시간을 거슬러 와 주어서 고맙다는 말도. 하지만 목이 메어 입안에서 맴도는 말을 한 마디도 꺼내지 못한 채 그저 고개만 끄덕였다.

눈물 때문에 윤보라의 얼굴이 흐릿하게 보였다. 윤보라도 울고 있는 것 같았다. 더 늦기 전에 작별 인사를 나누어야 했다. 2년 뒤에 다시 만날 테니까 슬퍼하지 말자며 애써 담담한 척 고개를 들었을 때, 보건실 침상에는 김민기 홀로 덩그러니 앉아 있었다.

분명 누군가와 함께 있었던 것 같은데……

아주 중요한 이야기를 나눈 것 같은데……

기억나지 않았다.

다만, 가슴이 저릿했다. 슬픔인지 기쁨인지, 미안함인지 고마움인지 그 모두인지 모를 감정이 파도처럼 밀려들었다.

그때 벌컥, 보건실 문이 열렸다.

"밍키, 여기서 뭐 해!"

박성배였다. 박성배가 멍하니 앉아 있는 김민기를 향해 외쳤다.

"아까 동아리 애들하고 이동하다가 너 이리로 들어가는 거 봤어. 혹시 나 기다린 거야?"

김민기는 꿈에서 빠져나오려는 듯 머리를 흔들었다.

"그러게. 내가 여기 왜 왔더라? 뭘 찾으러 온 것 같은데."

"그새 졸았냐?"

박성배가 김민기의 어깨에 팔을 둘렀다.

두 사람은 텅 빈 보건실을 뒤로 한 채 복도로 나왔다.

"그 얘기 들었어? 보건 선생님, 가끔 마법 부린다는 소문."

김민기가 피식 웃자,

"나도 뭐, 그 말을 믿는 건 아니고."

박성배가 머리를 긁적였다.

맞은편 복도에서 한 무리의 여자애들이 다가오고 있었다.

"미련 곰탱이다."

누군가 그렇게 말했고,

박성배가 인상을 쓰려는 찰나, 여자애 하나가 앙칼진 목소리로 소리쳤다.

"야! 그렇게 부르지 마. 김민기 완전 센스 넘치거든?"

조수영이었다. 조수영이 양손을 흔들며 김민기에게 반갑게 인사했다. 김민기도 짧게 손을 올렸다 내렸다.

운동장에는 햇볕이 쏟아지고 있었다. 영원할 것 같았던 꽃샘추위가 물러가고 그 자리를 따스한 볕이 채우고 있었다. 김민기와 박성배는 하교하는 아이들 사이를 천천히 걸었다. 박성배에게 말을 건네는 김민기의 얼굴이 한없이 투명했다.

누가 봐도 봄날에 어울리는 얼굴이었다.

김성운

있지만 없는 것들과 없지만 있는 것들을 생각하며 글을 쓴다. 『행운이 구르는 속도』로 사계절어린이문학상을 받으며 작품 활동을 시작했다.

초고를 완성하고 K에게 메시지를 보냈다. K는 중학교 때부터 서른이 될 때까지 언제나 나의 가장 친한 친구였는데, 어떤 이유로 우리는 십 년 넘게 연락하지 않고 있었다. 왜 하필 이때 K가 떠올랐는지는 모르겠다. 하지만 답은 어렵지 않게 금방 찾을 수 있었다. K라면 나를 위해 기꺼이 시간을 거슬러 와 주었을 테니까. 고작 괜찮다는 말 그 한마디를 전하기 위해. 중학생 K는 그런 친구였다.

잘 지내? 이 짧은 안부를 건네는 데 십 년이 걸렸다. K는 잘 지낸다고, 그런데 조금 외로웠다고 답했다. 마음이 아렸다.

쓰는 일은 언제나 나를 아주 조금 더 나은 사람으로 만들어 준다고 믿는다. 이 글엔 당신이 혼자이지 않기를 바라는 마음을 담았다. 이미 알고 있을 테지만 사랑받기에 충분하다는 사실도. 종종 그걸 잊어서 약간 슬퍼지곤 하니까.

문보담

맹시유

{ 딸기 오빠의 본심 }

안미란

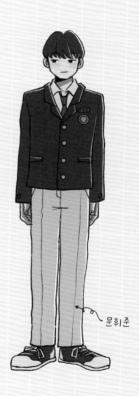

문휘준

딸기 오빠의 본심

세상이 온통 흐리멍덩하다. 미세 먼지와 황사가 첫 번째 용의
자 되시겠다. 그리고 국어 샘!

나른한 목소리로 도무지 알아들을 수 없는 이야기만 자꾸 하
니까 졸릴 수밖에. 매운 카레 향이 입안에 남아 있지만, 각성
효과를 주지 못한다. 오히려 마취제라도 되는지 잠이 쏟아졌다.
맛있는 급식도 세상을 흐리멍덩하게 만드는 원인 중 하나로 추
가요.

아이들은 국어 샘을 좋아한다. 일단 언니뻘이라 해도 될 만큼
젊다. 교과서 속 어려운 내용을 인기 드라마나 예능 프로그램을
예시로 들어 설명해 줄 때도 있다. 한마디로 젊은 감각이 충만하
다는 말씀. 그런데! 오늘은 어찌 이리 케케묵은 옛날 옛적 감수

성을 우리에게 들이민단 말인가. 심진희 국어 선생님, 그러니까 심 샘의 목소리는 청춘답지 않게 한없이 심심하고 졸리다.

"지난밤에 비가 내리고 나서 다음 날 아침에 새잎이 날 거란 말이지. 그 고운 새잎을 보면서 자기를 생각하라는…… 아휴, 안 되겠다. 자, 모두 큰 소리로 낭송해 봅시다."

나는 억지로 눈을 부릅뜨고, 아니 눈꺼풀을 치켜올리고 전자 칠판 화면의 글자를 노려보았다.

묏버들 가려 꺾어 보내노라 님에게
주무시는 창밖에 심어 두고 보소서
밤비에 새잎이 나거든
나인가 하고 여기소서.*

아이들 목소리는 시의 분위기랑 하나도 맞지 않았다. 이별하는 분위기가 전혀 아니다.

아무튼 홍랑이라는 여자는 남자가 떠나는 마당에 돌직구 대신 뭔가 에둘러 자기 본심을 전달했다는 거다. 오백 년 전 로맨스, 그것도 신분을 초월한 로맨스라는 거고 일종의 러브 레터를 이딴 시로 남겨 놓았다는 건데, 이걸 지금 디지털 네이티브로 태

---

*홍랑 시조 「묏버들 가려 꺾어」

어나 최첨단 기술 혁명의 시대를 살아가는 우리더러 이해하라고?

"자, 설명은 이 정도로 마무리할게요. 질문 있는 사람?"

도영이가 손을 들었다. 하나도 안 웃기는 이야기를 자꾸 해 대서 수업 분위기를 이상하게 만드는 아이. 뭐라도 해서 남들 눈에 띄고 싶어 하는 아이. 내 눈에는 그렇게 보였다.

"샘도 기간제예요?"

교실 풍경이 일시 정지 화면으로 변한 것 같았다. 질문 받는 심 샘도, 듣고 있던 아이들도 당황했다. 순진한 표정으로 싱글거리는 건 도영이뿐이다. 심 샘은 잠시 헛기침을 했다.

"학교도 엄연한 일터예요. 직업마다 그에 따른 계약 기간이라는 게 있는 게 보통이지요."

"그러니까 기간제 교사냐고요? 금방 쫓겨 나가는."

아이들이 일제히 도영이에게 눈 화살을 쏘며 우우 소리를 냈다.

나는 속으로 우리 집안의 가훈을 되뇌었다.

'인간에 대한 예의를 지켜라.'

이런 말이 반사 작용처럼 튀어나오는 건, 순전히 할아버지 때문이다. 심지어 설날 세뱃돈 받기 전에도 이 말을 크게 따라 해야 한다면 대충 짐작이 갈 거다.

심 샘은 못 들은 척 칠판 화면을 바꿨다.

"자, 모둠별로 서로 감상을 나누고 각자 글로 정리해 봅시다."

이건 조금 있다 발표를 시키거나, 칠판 화면에 반 전체가 볼 수 있게 각자 쓴 내용을 띄운다는 의미다. 눈꺼풀만 무거운 게 아니라 머리도 아프다.

그래도 다행인 건 모둠끼리 의견을 나눈다는 건 잠시 수다를 떨어도 표시가 안 난다는 것이다. 절친인 시유와 같은 반에 같은 모둠이 된 생애 최고의 행운을 누릴 시간이다.

"보담아, 이거 좀 섬뜩하지 않냐?"

시유의 첫마디였다. 연애시라는데 웬 섬뜩?

시유의 해석은 이랬다.

"나는 잎이나 나무로 변신하여 밤새 너의 방 앞에서 지켜보겠다, 이런 말 아님?"

"딴 여자랑 자는지 안 자는지 말이지, 큭큭."

도영이가 대단한 유머라도 되는 양 낄낄거렸다. 다행히 나머지 아이들은 도영이의 말에 아무도 웃지 않았다. 그러자 오히려 머쓱해진 건 도영이였다.

나는 시유를 바라보며 말했다.

"맞네, 맞아. 새잎이라는 건 꽃눈이나 잎눈처럼 나뭇가지에 뾰족하게 솟은 데서 나오는 거잖아. 그러니까 눈을 부릅뜨고 째려보든 지켜보든 할 거니까 바람 피지 말라는 소리야."

곁에 앉은 로사는 고개를 절레절레 저었다.

"그 눈은 그 눈이 아니지. 봄비가 내린 다음에 연하고 어린 새 잎이 난 거잖아. 얼마나 이쁘고 여리고 곱겠냐? 그러니까 이렇게 이쁜 걸 보면서 자기 생각하라는 거지."

시유가 입을 삐죽거렸다.

"요즘 걔랑 사귀더니 세상이 오로지 핑크빛이냐."

나도 한마디 거들었다. 걔, 그러니까 로사랑 커플 맺은 지 45일 이 된 그 아이 목소리를 흉내 내면서.

"'잘 자. 내 꿈 꿔.' 이런 의미라는 거지?"

'내 꿈 꿔.'라는 말을 하는 순간 졸음이 달아났다. 로사처럼 꿈 속에서 나만을 생각해 줄 남자 친구는 없지만 나머지 시간은 하나도 지루하지가 않았다. 역시 인류가 가장 사랑하는 건 연애 스토리다. 영화든 웹툰이든 소설이든, 심지어 국어 교과서든 사랑에 대한 논쟁이 제일 재미난 법이다.

쉬는 시간엔 신기하게도 안 졸린다. 사랑 논쟁 때문에 잠이 깬 게 아니라, 나의 생체 시계가 쉬는 시간을 정확하게 알아차린 덕이었다니, 이렇게나 내 몸은 기특하다.

시유가 한숨을 내쉬었다. 지하 100미터짜리 싱크홀이라도 뚫을 것 같은 깊은 한숨이다.

"나도 프사에 숫자 넣고 싶다."

로사의 프로필 상태 메시지에는 D-45. 나름 장수 커플을 향해 달리는 중이다.

시유의 한숨은 거의 절규다. 심지어 양 볼에 손바닥을 쫙 대고 외친다. 뭉치? 몽크? 아 맞다, 뭉크! 유명한 그 화가가 그린 그림 속 대머리 남자처럼.

"오늘부터 1일! 이런 것도 못해 봤다고오오오."

그 절규가 마지막 남은 아이스크림 통 바닥을 긁는 숟가락처럼 내 가슴을 후벼 팠다. 절친으로서 뭐라도 한마디 건네야 했다.

"괜찮아, 넌 그래도 희망이 있잖아. 시도조차 하지 않는 모태 솔로는 아니니까."

"그래, 내가 세어 보니까 다섯 번 고백해서 네 번 차였더라."

아닌데? 내가 알고 있는 것만 해도 일곱 번이 넘는데? 하지만 이걸 따지면 안 될 것 같았다.

"중학교 들어온 지 벌써 두 달째야. 그사이 다섯 번이면 나 정말 엄청나게 분발한 거라고."

그제야 고개가 끄덕여졌다. 초등학교 시절, 그러니까 철없고 눈치 없고 세상 물정 모르던 시절의 고백 이벤트는 빼자는 거였군. 그래도 여전히 의문이 남는다.

"차인 게 네 번이면, 아직 답을 기다리는 중?"

"맨 마지막에 고백한 현수는 아직 답이 없어."

"그럼 차인 거 아님?"

"그런가?"

흐리멍덩은 싫다. 나는 매사 확실한 게 좋다. 맺고 끊는 게 분명해야 두통에 소화 불량도 안 생기고 변비도 안 생기는 법이다. 그러니까 현수의 답을 막연하게 기다리는 것은 만병의 근원이 될 수도 있다. 절친인 시유가 오만가지 병에 시달리게 둘 수는 없다.

"가 보자, 현수한테."

"몇 반이더라?"

"고백했다면서 몇 반인지도 몰라?"

어이가 없었다. 과학실 가는 중에 복도에서 마주쳤다는데, 그럼 현수네 반은 몇 반이라는 거며 어디로 가야 만난다는 건가? 그렇다고 과학실 앞 복도에서 무작정 기다릴 수도 없다. 사실 시유의 고백은 다이렉트 메시지를 보낸 거라니까 그런 장소가 중요하지도 않다.

그때 내 머릿속에 반짝 빛이 났다.

"휘준이한테 가 보자. 같은 학원 다닌다고 한 거 같아."

"딸기 오빠 휘준이? 네 사촌 오빠 휘준이?"

"오빠는 무슨. 겨우 20일 먼저 태어났어."

사촌이라는 말은 '인간에 대한 예의를 지켜라.'라는 구호, 아니 가훈을 함께 복창하는 사이라는 뜻이다.

사촌 오빠인 것도 기분 나쁜데, 휘준이는 뭐 하러 별명을 하나 더 얻었담. 중학교에 입학한 지 한 학기도 안 되어서 휘준이는 전교에 유명 인사가 되었다. 딸기 오빠라는, 남자라면 다소 굴욕적이면서도 어딘지 모르게 귀여운 별명을 얻은 이유는 급식 때문이었다. 아니, 휘준이의 고운 외모 때문인가? 둘 다 맞다.

휘준이는 큰엄마가 용꿈을 꾸고 낳은 아들이다. 얼굴이 희고 피부결도 좋다. 5학년 이후부터는 키도 나보다 훨씬 커졌다. 한마디로 잘생기고 예의 바르다. 어른들이 무지 좋아하는 캐릭터가 될 수밖에 없다. 그런데 이런 애가 급식 때 하필 딸기를 배식하게 된 것이다.

우리 동네는 딸기 주산지다. 해마다 이맘때면 인근 지역의 농산물을 소비하자는 취지로 급식 메뉴에 딸기가 빠지지 않는다. 여자애들이 일부러 줄을 서고 또 서고 한 것은 딸기가 맛있어서가 아니었다. 농사 안 짓는 몇 집 빼고는 이 동네에 흔해 빠진 게 딸기다. 오죽하면 학교 오는 길의 풍경이라고는 딸기를 재배하는 비닐하우스뿐이다. 딸기보다 이쁜, 아니 잘생긴 휘준이를 보려는 아이들 때문이었다. 심지어 2학년, 3학년 선배들마저 새까만 후배 휘준이를 딸기 오빠라고 불렀다.

우리 둘은 학교 건물 밖으로 달려갔다. 휘준이네 반을 가려면 화단을 따라 쭉 가로지르는 게 빠르다. 중앙 현관 앞 벚나무가 환한 자태를 뽐내고 있었다. 팝콘 터지듯 꽃망울이 벌써 벌어진 것부터 여전히 터질 듯한 꽃눈을 앙다물고 버티고 있는 것까지 불그스름하면서도 하얀빛이 가득했다.

"이거야!"

갑자기 시유가 펄쩍 뛰더니 벚나무 가지를 하나 뚝 꺾었다. 팔 뚝보다 긴 가지였다.

"헉, 어쩌려고? 샘들한테 들킬라."

여태껏 시유를 만나 왔으면서도 이런 괴력의 소유자인지는 몰 랐다.

시유는 뭐에 홀리기라도 한 것처럼 벚나무 가지를 힘차게 휘두 르며 앞장섰다.

다행히 휘준이는 교실에 있었다. 그래도 남의 반이라 교실로 무작정 들어가기는 쑥스러웠다. 휘준이를 복도로 불러낸 뒤 다 짜고짜 물었다.

"너 현수 몇 반인지 알아?"

휘준이는 눈만 동그랗게 떴다. 얘는 원래 이렇다. 말수가 적고, 어쩌다 하는 말도 뜸을 들인다. 좋게 말하면 진중하고 나쁘게 말하면 답답하다. 어른들은 칭찬하고 나는 짜증 내는, 뭐 그런 캐릭터다. 나의 사촌 휘준이는 그저 고개만 교실 쪽으로 돌렸다.

현수가 안에 있었다. 휘준이는 현수에게 손짓했다. 이리 와 보 라는 뜻이다. 현수가 천천히 복도로 나왔다. 시유가 내 교복 치 마를 꽉 움켜잡았다.

"야, 네 거 잡아. 왜 내 치마를 당기냐고!"

말해도 소용없었다. 그나마 다행인 건 한 손은 벚나무 가지를 들고 있느라 힘이 세진 않았다는 점이다.

현수가 시유 앞에, 정확히는 우리 둘 앞에 섰다. 게다가 휘준이네 반 아이들이 우르르 몰려나와 우리들이 뭘 하는지 구경하기 시작했다. 유명인이 되어 인파에 둘러싸였다기보다는 동물원 원숭이 쪽에 가까운 상황이다.

현수가 물었다.

"나 찾았어?"

시유는 벚나무 가지를 쑥 내밀었다.

"가져. 네 방에 꽂아 두는 거 잊지 말고."

현수와 휘준이 모두 당황한 듯했다. 물론 나도 그랬다. 꽃눈처럼 감시 카메라가 되어 밤새 널 보겠다는 뜻일까? 순수하게 꽃을 바치는 고전적 사랑 고백일까?

"오오오오!"

여기저기서 아이들의 탄성이 터졌다. 다들 적잖이 놀란 탓이다.

현수는 얼떨결에 벚나무 가지를 받았다.

"이건 왜……."

시유가 물었다.

"너, 나 누군지 기억 못 하지?"

"응······. 사실은······ 미안해."

"폰 안 봐? 디엠 보냈는데."

"게임하느라 확인을······."

시유는 잠시 잠깐, 찰나의 시간을 고민하는 듯했지만 결정이 빨랐다.

"됐어. 고백은 취소할게. 그 나뭇가지는 그냥 가지든가 말든가."

이렇게 난감한 상황에서 나는 무슨 말을 해야 하나 알 수가 없었다.

때마침 교감 선생님이 나타났다. 저벅저벅 다가오는 선생님이 이토록 반가울 줄이야 예전엔 미처 몰랐다.

"너네들 뭐야! 학생 한 명을 여럿이 빙 둘러싸고 말이야."

아니에요! 선생님이 생각하는 그런 거, 그러니까 학교 폭력 이런 거 아니라고요.

다행히 휘준이가 나서 주었다.

"얘는 저랑 사촌이에요. 그냥 이야기하는 중이었어요."

휘준이네 반 아이들은 재빨리 교실로 들어가 버렸다. 순식간에 가구 밑으로 사라지는 바퀴벌레 생각이 난 건 내 잘못이 아니다.

선생님은 의심의 눈초리를 거두지 않은 채, 현수 손에 들린 벗나무를 가리켰다.

"이건 뭐야? 함부로 학교 시설이나 자연을 훼손시키면 안 되는
거잖아."

현수는 거의 울 것 같은 표정이 되었다.

"제 거 아니에요."

그 짤막한 시간에 나는 생각했다. 시유의 판단이 정확했다고
말이다. 자기가 선물로 받았으면 자기 것이지 아니라고 발뺌하다
니 비겁하다. 비겁한 남자는 안 만나는 게 낫다.

"제가 그랬어요. 잘못했습니다."

시유는 비겁하지 않았다.

선생님이 시유를 잠자코 쳐다보았다. 벌점을 줄 것인지 가볍게
훈계로 그칠 것인지 갈등이 커 보였다.

"아니 왜, 멀쩡한 나무를?"

"멋있게 고백하려고요. 국어 시간에 배운 시처럼."

"뭐? 푸하하하."

선생님이 큰 소리로 웃자 우리도 덩달아 웃음이 나오고 말았
다. 웃기고 창피하고 한심하고 어이없는 상황이지만 어쩌겠는가.
그저 웃어야지.

흐릿한 황사 먼지 속에 벚꽃은 유독 환했다. 사춘기에는 호르
몬이 춤춘다는데, 저 벚꽃도 아무래도 호르몬 영향을 받는 것
같다.

주말이면 단톡방이 시끄럽다. 주말마저 학원에 가야 하는 아이들도 많지만, 스마트폰을 제출하는 건 아니니까 아이들은 틈틈이 이런저런 이야기를 올린다. 나는 거실 바닥에서 이리 뒹굴 저리 뒹굴, 그러던 중이었다.

- 대박! 딸기 옵하 여친 생김
- D-1이던데, 그럼 오늘부터?

나는 눈을 몇 번이나 비벼야 했다. '딸기 옵하'라면 휘준이, 그러니까 딸기 오빠 휘준이가 맞다. '전하, 폐하' 하는 것처럼 '옵하'는 휘준이의 팬들이 붙인 별칭인 것이다. 옵하, 오빠…… 아니 오빠! 나는 충격을 받은 나머지 오빠 소리가 나올 뻔했다.

그러나 충격을 받아 쓰러지기엔 일렀다. 더 센 놈이 뒤에 기다리고 있었으니까.

- 상대방이 누구래?
- 놀라지 마. 고차 1위 맹시유

고차는 고백하고 차인 아이를 줄인 거다. 충격, 깜놀, 핵쇼크……. 우리가 아는 어떤 단어로도 표현하기 어려운 놀랄 만한 일이다.

나는 당장 통화 버튼을 누르려다…… 말았다. 이런, 발신 신호가 벌써 한 차례 울려 버린 뒤였다. 급하게 통화 정지 버튼을 눌렀지만 늦었다.

어떻게 이런 일이 일어날 수 있지? 머릿속이 지끈거리고 아팠다. 단짝이라고 믿었던 건 오로지 나만의 생각이었을까? 어떻게 내가 모르는 일이 생길 수 있지? 이런 중대하고 대단한 소식을 왜 단톡방에서 들어야 하는 거지? 시유에 대한 배신감과 서운함이 폭풍처럼 몰려왔다.

괜히 텔레비전 볼륨을 크게 올렸다. 누가 나 대신 막 떠들어 주길 바라면서.

텔레비전은 날씨 이야기만 늘어놓았다. 주말까지 미세 먼지가 심하지만 월요일쯤이면 비가 내릴 거라고, 이 봄비가 가뭄에 시달리는 농민들에게는 선물같이 반가운 소식이라고, 이 비 덕에 황사와 미세 먼지가 씻길 거라고 했다.

"그러니까! 내 마음이 지금 먹구름이라고!"

텔레비전을 향해 화를 내 봤자 소용없다. 리모컨을 냅다 던지려는데 스마트폰이 울렸다. 시유였다.

한 번 두 번 세 번 네 번……. 안 받을 생각이었다. 넌 나를 배신했으니까.

그런데 내가 누군가? 맺고 끊는 게 분명하지 않으면 만병이 생길지 모르지 않는가? 변비, 소화 불량 등등. 반갑지 않은 증상이 생기게 놔둘 순 없다. 지금 생긴 두통에 화병까지 생길 지경이다. 그래서 받았다.

　　- 너, 뭐냐?
　　- 사실 기간제야.

뜬금없이 기간제라니 시유가 아무래도 이상해진 게 분명하다.

　　- 뭔 기간제 타령? 네가 국어 샘이냐?
　　- 샘을 왜 들먹여?
　　- 기간제라며.
　　- 휘준이 얘기 물으려던 거 아니었어?
　　- 1일이라니, 이게 뭔 소리임?
　　- 오늘 아침부터 사귀기로 했어. 한 달 동안만.

사귈 때 기간을 정해 놓고 사귈 수도 있다는 걸 처음 알았다. 그리고 그런 규칙을 이 세상에 처음으로 정한 중학생 커플 맹시유와 문휘준에게 놀라지 않을 수 없었다. 내가 이렇게나 기발하고 창의적인 아이의 친족이며 절친이 될 줄은 몰랐다.

　　- 근데 왜 한 달이야?

- 아직 서로 잘 모르니까.

- 휘준이가 먼저 그러자고 해?

- 그랬을걸. 고백은 내가 했거든.

그러니까 여섯 번째도 차일 뻔한 시유를 휘준이가 구해 줬다는 말이 되는 것이다.

- 네 오빠라서가 아니라, 너네 집안 사람들 다 착한 거 같아.

- 착하긴 하지. 걘 어릴 때도 나한테 양보 잘했어. 뺏긴 건가?

내가 못된 어린이였던 건 아니다. 친척 어른들이 휘준이 편을 많이 드니까, 스스로 내 살길을 찾으려 애썼을 뿐이다.

- 설마, 휘준이가 너 불쌍하다고 일부러
  사귀는 척해 주는 거 아니지? 맨날 차인다고 불쌍해서
  한번 받아 준 거면 더 비참하잖아.

- 모르겠어. 사실 나, 그냥 사귀는 아이들 기분이 궁금했어.
  막 좋아하다가 헤어져서 슬퍼하는 것도 멋질 거 같다는
  생각도 들고. 정말 유행하는 노래 속의 주인공이 되는
  그런 기분 말이야.

- 난 모르겠다. 일단 잘 만나 봐라.

우리 오빠가 나쁜 애는 아니라서 말야.

왜 나한테 제일 먼저 말하지 않았냐는 건 따지질 못했다. 어마어마한 일급비밀을 나한테만 말했으니 용서해 줘야 한다. 나와 시유, 그리고 휘준이만 아는 비밀이 생긴 것이다. 사귀긴 사귀는데 기간제로 사귄다는 것 말이다.

월요일 아침, 시유의 상태 메시지는 D-3으로 변해 있었다. 스마트폰을 내기 직전 휘준이의 상태 메시지를 얼른 찾아봤다. 역시나 D-3이다. 두 사람은 월요일 아침 내내 화제의 주인공이 되었다. 그 어떤 사건 사고 속 인물보다 핫한 사람이 나와 가장 가까운 둘이라니, 별로 기분 좋은 일은 아니었다.

나는 처음으로 남자 친구가 생긴 시유를 축하해 줘야 할지 어떨지 얼떨떨했다. 그렇다고 뭐가 달라지진 않았다. 쉬는 시간에 우리는 나란히 붙어 앉아 수다를 떨었다. 내가 물었다.

"다음 주에 우리 집 제사야. 휘준이랑 못 놀 거야, 아마도."

"알아. 집안 장손이라며."

"남들은 그런 거 다 없앴다던데, 우리 집은 아직 아니야. 할아버지 뜻이 워낙 강하셔서 말이야."

"휘준이가 귀여운 고양이 사진 보내 줬어. 자기가 찍은 거라던데."

"오, 역시 다르네. 나한텐 그런 거 안 보여 주던데."

도영이가 빙글거리며 우리 둘 쪽으로 다가왔다. 반갑지가 않았다.

"너네 진도 어디까지 나갔냐? 남자애들 사이엔 소문이 파다해. 벌써 손도 잡고 진도 엄청 빼고 있다고 말이야."

나는 벌떡 일어섰다.

"누가 그런 헛소문을 퍼뜨려!"

간혹 그런 아이들이 있기는 하다. 뭔가 둘만의 이야기를 뽐내면서 떠벌리고 싶어 하는 아이들 말이다. 하지만 내가 아는 휘준이는 그럴 아이가 아니다. 나는 도영이한테 얼굴을 바짝 들이밀었다. 내 눈을 똑바로 보라는 뜻이다.

"네가 봤어? 봤냐고?"

도영이는 주춤거리며 뒤로 물러섰다.

"꼭 봐야 아나. 휘준인가 누군가 걔가 다 말했을걸. 남자애들은 원래 그래."

"안 그래!"

시유의 말에 주변에 모여 있던 다른 아이들까지 한마디씩 보탰다.

"오우, 완전 여친 포스네. 휘준이 편드는 거 봐."

나는 내가 휘준이 동생이라고, 아주 가까운 사이라고 외치지 못했다. 그래 봤자 우리 꼴이 우스워질 것 같았다.

도대체 휘준이는 왜, 이런 애매한 사태를 만든 것일까. 사귀려면 그냥 조용히 사귈 것이지 왜 이런 소문의 주인공이 된 것일까.

　"더 이상 휘준이랑 시유를 두고 이러쿵저러쿵 떠들지 마. 내가 가만 안 둘 테니까."

　나는 시유 손목을 잡고 일어섰다. 시원한 바깥 공기가 필요했다.

　비가 내리고 있어서 다른 곳으로 갈 수가 없었다. 그나마 구령대는 지붕이 있어 비를 피하기 좋았다. 구령대 한쪽에 파라솔이 몇 개 접혀 있었다. 어떤 동아리가 파라솔을 운동장에 펼치고 신입생 모집을 하려고 한다더니, 비 때문에 접었나 보다.

　우리 둘은 구령대 난간에 배를 대고 나란히 섰다.

　중앙 현관 앞 벚나무는 이미 꽃잎을 떨구고 있었다. 부슬부슬 내리던 빗줄기가 점차 거세지고 꽃잎은 비바람에 떨궈지고 있었다. 꽃망울을 맺은 지 며칠 되지도 않았는데, 허무하리만치 빨리 사라지는 꽃, 찬란하게 빛나다 금세 져 버리는 꽃이다.

　나도 모르게 풋, 하고 웃음이 나왔다.

　"너 설마 이번에도 나뭇가지 꺾어서 줬냐?"

　시유가 어이없는 표정으로 나를 봤다. 그러더니 하는 말이 이랬다.

　"괜찮을까?"

시유는 휘준이 걱정을 했다. 아까 쉬는 시간에 2학년 언니들이 자기를 뒤에 두고 수군대더란다. "저 여자애가 딸기 오빠 여친이야?" 뭐 이따위 말들이 들렸을 것이다. 휘준이가 말을 안 해 줘서 몰랐는데, 선배 중에도 휘준이한테 말을 걸거나 괜히 친하게 지내자고 한 여학생이 있었나 보다. 그런데 단칼에 거절당했다고 한다. 그런데 시유는 왜?

"혹시 휘준이가 시유 너를 전부터 몰래 좋아했던 거 아니야?"

"서로 아는 사이긴 하지만 그건 아닐걸. 암튼, 지금 휘준이는 괜찮은지 걱정돼. 나도 이렇게 골치 아픈데."

"가 보지 뭐."

나는 휘준이네 반으로 갔다. 점심시간은 아직 조금 더 남아 있다.

시유가 또 내 교복 치맛자락을 잡고 늘어졌다.

"나, 떨려. 애들이 놀릴까 봐."

미처 그걸 생각 못 하다니, 내가 어리석었다.

"그럼 나 혼자 갔다 와서 이야기해 줄까?"

"아니, 다 왔는데 뭐."

그런데 우리 걱정은 쓸데없는 거였다. 휘준이네 반 아이들은 시유한테 관심을 보이지 않았다. 심지어 내가 휘준이를 복도로 불러내고 시유, 나, 휘준이 이렇게 셋이 서 있어도 마찬가지였다. 처음엔 '뭐지? 이 분위기는'이라는 생각마저 들었다. 우리 반처럼 놀림거리로 삼지도 수다 떨 거리로 삼지도 않은 것 같았다.

"괜찮아?"

나의 물음이었다.

"그럭저럭."

처음엔 쓸데없는 호기심을 가진 아이들이 휘준이 주변에 모였을 테지만, 휘준이는 먹잇감이 될 만한 이야기를 하나도 들려주지 않았다. 좋게 말하면 진중한 것, 더 좋게 말하면 시유와 자신의 프라이버시를 지켜 낸 것이다.

바로 요때다 하고 그놈의 가훈이 또 머릿속에 딱 떠올랐다.

'인간에 대한 예의……'

휘준이는 시유에 관해 이러쿵저러쿵 떠벌리지 않는 게 3일차 여친에 대한 예의라고 생각한 걸까.

복도에 우리 셋이 서 있어도 아무도 관심을 보이지 않으니 오히려 편했다. 나는 이때야말로 궁금한 걸 물어볼 기회라 생각했다. 이건 도영이 같은 애들이 단순한 호기심과 장난으로 묻는 것과는 다르다. 다른가? 아니, 다르다고 우기고 싶다.

"저기, 휘준아. 아니, 오빠야. 시유랑 사귈 마음이 언제부터 든 거야? 왜?"

휘준이는 짧게 대답했다.

"진심을 무시하는 게 예의는 아닌 것 같아서."

진심? 시유가 늘 진심이었던 것은 맞다. 첫 번째 고백도 진심이었고, 두 번째 고백도 진심이었고, 다섯 번째도 그랬을 것이다. 진심의 순간이 단지 짧았을 뿐이다.

그렇다면 휘준이 너도 진심이었던 거야?라고 묻고 싶어졌다. 다행히 눈치 빠른 휘준이가 먼저 대답해 줬다.

"근데, 내 진심이 어떤 건지 아직 모르겠어. 그래서 시간을 조금 더 가져 보자고 했지, 한 달쯤?"

나는 시유를 째려봤다.

"뭐야? 기간제 연애라서 한 달 후엔 깨질 거라더니, 서로 알아 가자는 거였잖아?"

시유는 얼굴이 빨개졌다.

"내 국어 실력 알잖아. 이번에도 독해력, 아니 문해력인가? 암튼 이해력이 조금 모자랐던 건가 봐. 헤헤."

휘준이 얼굴이 발그레하게 변했다. 시유 말이 그렇게 감동적인가 이상한데, 휘준이는 딴청을 피운다.

"국어 시간 너무 재미있지 않냐? 샘도 진짜 좋으시고."

5교시 시작을 알리는 예비 종이 울렸다. 나와 시유는 교실로 돌아갈 시간이다. 그때 누군가 창문 밖을 가리키며 말했다.

"심 샘, 저기 가신다!"

"어디? 어디?"

심 샘이 운동장 옆을 따라 교문으로 향하고 있었다. 비가 주룩주룩 내리는데 우산도 들지 않았다.

"아직 퇴근 시간 아니잖아? 짤렸나?"

"심 샘, 정식 교사 아니고 그거랬지?"

머릿속에 달갑지 않은 단어가 떠올랐다. 언제든 부속품처럼 갈아 끼울 수 있고, 기간이 만료되면 바뀔 수 있는 존재를 뜻하는 낱말 말이다.

갑자기 휘준이가 바깥으로 튀어 나갔다.

"야, 수업 시작하는데 어디 가?"

나는 우리 반 교실로 가는 것도 잊고 창틀에 매달려 밖을 봤다. 일 층까지 내려간 휘준이가 운동장으로 튀어나오는 게 보였다.

한 아이가 소리쳤다.

"저건 뭐냐. 우산도 아니고."

휘준이는 파라솔을 펼쳐 들었다. 크기가 커서 쉽지 않았는지 몇 번 낑낑대는 것 같았다. 그러더니 운동장 한가운데로 내달렸다. 휘준이는 그때까지 비를 맞으며 느릿느릿 걷던 심 샘을 따라잡더니 파라솔을 씌워 주었다, 정중하게.

심 샘과 휘준이는 파라솔에 가려 더 이상 보이지 않았다. 우리들 눈에는 커다란 동그라미, 그러니까 파라솔 지붕이 하나의 동그라미처럼 천천히 움직여 교문 밖으로 사라지는 장면만 보였다. 신기한 것은 교실 창문으로 보일 리가 없는 풍경도 내 눈앞에 선명하게 펼쳐졌다는 점이다. 비닐하우스가 죽 늘어선 큰길을 따라, 정류장까지 파라솔 동그라미가 천천히 하염없이 꽃비를 맞으며 멀어져 가는 풍경.

시유가 깊은 한숨을 내쉬었다. 이번에는 시 한 편까지 곁들였다. 국어 시간에 배운 걸 이럴 때 써먹다니 용하다.

"흔들리지 않고 피는 꽃이 어디 있으랴, 젖지 않고 피는 꽃이 어디 있으랴.* 나 이번에도 글러 버린 것 같다. 딸기 오빠의 본심은 비바람에 젖으면서도 피워 낸 꽃잎 같은 거네, 에휴."

이럴 때는 참, 할 말을 찾을 수가 없다. 그저 빗물에 와르르 씻겨 내려가는 벚꽃 잎만 좇을 수밖에.

*도종환 시 「흔들리며 피는 꽃」 일부 인용

안미란

『씨앗을 지키는 사람들』로 창비좋은어린이책 공모에 당선되어 작품 활동을 시작했다. 2024 IBBY(세계아동청소년도서협의회) 아너리스트에 올랐으며, 여행지 기념품으로 개구리 인형 사 모으기를 좋아한다.

깜장 교복에 단발머리만 허용됐던 중학 시절, 나는 월요일이 너무 싫었어요. 복장 검사와 위생 검사가 있는 날이었거든요. 특히 상의의 깃은 빳빳하게 풀을 먹여 다려야 했어요. 때로 누렇게 변한 목깃을 뒤집어 달아서 선생님 눈을 속이려고 했지만 들키기 일쑤였어요. 그리고 배지! 학교 상징이 도안된 배지와 이름표는 절대 잊으면 안 되었어요. 엄지손톱만 한 배지는 왜 그리 비싸며, 왜 자꾸 사라지는지 불가사의했어요. 게다가 그 교표는 여자 女가 크게 씌어 있었어요. 여자중학교라는 의미로요. 거기에 글월 文을 교묘하게 합성한 디자인이었지요.

개교한 지 15년 동안, 끊임없이 떠돌던 소문이 있었어요. 우리 학교가 옆에 있는 남학교와 통합될 거다, 즉 남녀 공학이 될 거라는 거였어요. 그런 소문이 왜 그렇게나 관심을 끌었는지 알다가도 모를 일이지만, 결국 남녀 공학이 되긴 되었네요. 얄궂게도 내가 졸업한 후예요.

중학교 시절에는 구별 지어 나누고, 갑갑하게 가두고, 정해진 대로만 하라는 게 참 싫었어요. 하지만 그 시절 덕에 규율을 지키고 책임지는 법을 배웠어요. 사귈 때나 헤어질 때나, 혹은 만날 때나 떠날 때나 인간에 대한 예의가 있다는 걸 알게 된 때이기도 하고요.

이현우

고은재

{ 어느 날 우리는 }

은영

어느 날 우리는

거울을 봤다. 자줏빛이 도는 빨간 넥타이를 고쳐 매며 몸을 앞뒤로 비춰 보다가 문득 내가 꽤 근사하다는 생각이 들었다. 최근들어 키가 5센티는 자랐고 목소리도 좀 굵어진 것 같다.

"아, 아, 아."

소리를 내어 보는데 '띵' 하고 엘리베이터가 멈췄다. 5층이다. 문이 열리자마자 고은재가 냉큼 올라탔다. 나는 얼굴을 팍 찌푸렸다.

고은재. 나하고는 어릴 때부터 남매처럼 자랐다. 고은재 엄마와 우리 엄마는 같은 산후조리원에서 처음 만났다. 두 사람은 같은 시기에 같은 고난을 겪었다며 눈물겨운 동지애를 시도 때도 없이 말하곤 했다. 처절한 전쟁에서 살아남은 전우애와 다름이 없다면서. 그 전우애 때문에 고은재와 나는 같은 문화센터를 거쳐 어린이집, 유치원 게다가 초등학교까지 같이 다녀야 했다.

엄마와 은재 엄마의 말을 떠올려 보면 은재는 뭐든 나보다 빨랐다. 은재가 태어난 지 9개월 만에 첫 걸음을 뗐을 때 나는 네 발로 바닥을 기어 다녔고, 은재가 식탁 위의 세상을 탐내고 있을 때 나는 식탁 아래에 떨어진 초콜릿 조각을 주워 먹고 있었다. 그리고 드디어 내가 두 발을 딛고 땅에 섰을 때, 은재는 두 팔을 휘저으며 세상 밖으로 내달리고 있었다.

고은재는 엘리베이터에서 나를 보자 이상하리만큼 활짝 웃었다. 망망대해를 떠돌던 어부가 생각지도 못한 큰 물고기를 낚아챘을 때의 표정이라고 할까.

고은재가 말했다.

"야, 이현우, 체육복은 챙겼어? 너희 반도 체육 들었잖아."

순간 체육복을 가져오지 않았다는 것을 깨달았다. 하지만 나는 고개를 천천히 끄덕이고는 엘리베이터 숫자가 바뀌는 것을 뚫어져라 바라보았다. 은재가 나를 빤히 보고 있다는 게 느껴졌지만 나는 은재를 보지 않으려 목에 힘을 팍 주고 서 있었다. 문이 열리자마자 서둘러 엘리베이터를 빠져나왔다.

큰길 횡단보도 앞에 섰을 때 그새 은재가 따라와서는 내 등을 탁 쳤다.

"근데 너 요즘 나한테 왜 말을 안 해?"

나는 손에 들고 있던 우산으로 바닥을 콕콕 찔렀다. 우산 끝은 우레탄 바닥에 자국을 남기고 있었다. 내가 말했다.

"학교에서는 나 아는 척하지 마."

은재 눈이 휘둥그레졌다.

"이건 또 무슨 소 풀 뜯어먹는 소리?"

나는 한숨을 푹 내쉬며 "개 풀 뜯어먹는 소리겠지."라고 하며 우산을 폈다. 비가 내리기 시작했다. 신호등이 초록불로 바뀌자마자 나는 손에 들고 있던 우산을 은재에게 던지듯 건네고는 앞으로 달려 나갔다.

일주일 전쯤인가? 이하준이 말했다.

"너희 둘이 다니는 거 보고 애들이 뭐라는 줄 알아?"

"뭐라는데?"

"은재가 네 누나 같대."

아차 싶었다. 은재와 같은 중학교에 배정받은 순간 걱정되는 부분이기도 했다. 그걸 하준이가 콕 짚어 말한 것이다.

그리고 곧 이어져 나온 말은 나를 자극하기에 충분했다.

"너는 누나 따라다니는 코흘리개 같고."

코흘리개……. 비염을 달고 살았던 어린이집 시절, 입으로 줄줄 흘러내리는 콧물을 보며 아이들은 손가락 끝으로 내 얼굴을 가리키며 놀려 댔다. 하지만 비염은 사람의 의지로 해결할 수 있는 문제가 아니었다. 그때 다섯 살 아이가 할 수 있었던 건 휴지를 둘둘 말아 콧구멍을 빈틈없이 틀어막는 것뿐이었다.

그 별명은 어린이집을 옮길 때까지 나를 졸졸 따라다녔다.

이하준이 결정적인 한 방을 다시 날렸다.

"그런데 같이 다니면 진짜 그렇게 보이긴 해."

순간 나는 결심했다. 은재를 내 옆에서 밀어내야 한다고.

교실에 들어서니 동룡이가 축구공을 왼발에서 오른발로, 오른발에서 다시 왼발로 빠르게 옮기고 있었다. 여드름을 쥐어짜서 볼썽사납게 솟아오른 자국들이 얼굴 여기저기에 있는 기동룡. 그 앞에서 이하준과 임시 반장이 공을 낚아채려 몸을 바삐 움직이고 있었다. 하준이는 나를 보자 긴 팔을 번쩍 들어 올렸다. 커다란 덩치에 우락부락하게 생긴 외모와는 달리 하준이는 여리고 걱정이 많았다. 많아도 보통 많은 게 아니었다.

며칠 전에는 눈이 퉁퉁 부은 채로 학교에 왔는데 무슨 일이 있냐고 물었을 때 엄마가 죽을까 봐 걱정되어서 울었다고 했다. 어디 아프시냐고 물으니, 엄마가 밤늦게까지 들어오지 않았는데 집 옆 도로에서 끼이익 하는 자동차의 급정거 소리가 들리는 순간 벌떡 일어나 앉았다고 했다. 엄마가 차에 치였다는 생각이 들기 시작했고, 어디선가 피투성이가 된 엄마가 한쪽 손을 들어 올리며 자신의 이름을 애타게 부르고 있을 것 같았단다. '하, 하준 아……' 순간 이불을 뒤집어쓰고 울었단다. 꺼억꺼억 소리와 함께 쏟아지는 눈물을 연거푸 손바닥으로 닦아 내며. 그 커다란 덩치가 이불 안에서 등을 들썩이며 울고 있는 모습이라니! 안쓰럽기도 했지만 한편으로는 어이없기도 했다.

"이 정도 실력이면 축구 선수 될 것 같지 않아?"

동룡이가 보란 듯이 발을 더 잽싸게 놀리며 말했다. 축구공은 동룡이의 머리를 지나 가슴팍을 찍고 무릎 그리고 다시 발로 뛰어 오르고 있었다. 축구공은 예상 가능한 방향으로 움직이고 있었다.

점심시간이 되자마자 동룡이는 운동장으로 축구를 하러 가자고 했다. 그때 이하준이 말했다.

"운동장은 위험해."

기동룡 눈이 휘둥그레졌다.

이하준은 무척이나 침착한 목소리로 사촌 형에게 들은 이야기를 하기 시작했다.

"네가 잘 몰라서 그러는데, 중학교는 초등학교와는 달라."

중3인 하준이네 사촌 형은 양손을 바지 주머니에 푹 찌른 채 짝다리를 하고는 이렇게 말했다고 했다.

"지금부터 내가 하는 말 잘 들어. 초등학교가 동물원이라면 중학교는 정글이야, 정글. 정글이 뭔지 알아?"

하준이가 고개를 끄덕이자 사촌 형은 책상 의자를 바짝 끌어당겨 앉으며 말했단다.

"이거 봐 봐. 내가 너 이럴 줄 알았어. 아무것도 모르는 이런 순두부 같은 얼굴이라니."

순두부와 하준이 얼굴은 도무지 연관이 되지 않았지만 이상하게도 설득력이 있었다.

하준이가 사촌 형에게 들었던 얘기를 실감나게 하기 시작했다.

째려본다고 얻어맞은 이야기로부터 시작해서 약점을 집요하게 물어뜯는 승냥이 같은 녀석들에 대해 그리고 언제 터질지 모르는 패싸움의 긴장감에 대해 숨도 쉬지 않고 말했다. 이야기가 길어질수록 동룡이와 내 동공은 커져 갔고 하준이의 우락부락한 눈 코 입 사이로 뽀얗고 보드라운 살들이 순두부처럼 흔들렸다.

"이제야 감이 좀 잡히지? 그러니까 우리는 만만하게 보이면 안 돼. 만만하게 보이면 먹잇감이 된다니까."

하준이는 '먹잇감'이라는 말에 힘을 팍 주며 말했다.

"어젯밤에 내가 잠을 왜 못 잤는데, 밤새도록 쫓겨 다니는 꿈을 꿨다니까. 어둠 속에서 맹수가 눈을 번뜩이며 요 녀석을 언제 덮칠까 하고 내 주위를 맴돌았어."

내가 물었다.

"어떤 맹수?"

동시에 기동룡도 물었다.

"근데 그게 운동장이랑 무슨 상관이야?"

동룡이는 기어코 운동장에서 축구를 하자고 했고, 하준이는 달가워하지 않았다.

내가 할 수 있는 일은 대안을 제시하는 것이었다.

"축구부에 들어가는 건 어때?"

"축구부? 그거 정말 좋은 생각인데? 내가 왜 그런 생각을 못 했지?"

동룡이는 축구공을 가슴에 껴안으며 잠시 서 있었다.

같이 가자, 하준이 너도 갈 거지? 안 간다고? 왜? 물론 너희들 실력을 내가 모르는 건 아니지만, 그래도 혹시 모르잖아? 세상일은 알 수 없는 거라니까. 같이 가 보자, 응? 싫다고?

나는 축구를 좋아하지 않는다. 사실 무서워한다. 축구공에 얼굴을 맞은 기억은 아직도 선명하게 남아 있다. 붉은 코피가 흰색 티셔츠에 뚝뚝 떨어지던 그 순간의 기억. 이하준도 고개를 절레절레 흔들며 뒷걸음질을 치자 동룡이의 필살기가 나오기 시작했다. 이름하여 자기 비하 코스프레!

"관둬야지 뭐. 잘하는 게 딱 이거 하나인데 그냥 관둬야지 뭐. 내가 뭘 하겠어. 공부를 잘하기를 하나, 얼굴이 잘생기기를 하나, 키가 크기를 하나. 죽은 듯이 가만히 있어야지 뭐. 친구들이라고는 세상에서 딱 둘밖에 없는데 도와주겠다는 놈은 하나도 없고. 그래도 뭐, 축구부 문 앞까지만 따라가 준다면 어떡하든 용기는 내 보겠는데."

결국 하준이와 나는 헛주먹질을 해대며 동룡이를 따라나섰다. 그런 우리를 힐끗거리며 동룡이가 히죽거렸다.

체육관으로 가는 동안 하준이가 운동장을 가리켰다.

"저기 좀 봐 봐."

운동장에서는 3학년 형들이 축구를 하고 있었다. 털이 잔뜩 난 다리의 근육들은 움직일 때마다 꿈틀거렸고, 윗옷을 무작스레 끌어 올리며 얼굴을 닦고는 으아악 소리를 지르며 내달릴 때, 하준이가 '운동장은 위험해'라고 했던 말이 조금 이해될 것도 같았다. 나도 모르게 자꾸 눈이 운동장으로 향했다. 형들은 앞발을 쳐올리며 내달리는 야생마 같았다. 나도 3학년이 되면 어쩌면……. 최근 들어 키도 꽤 자랐고 다리에도 오리 알만 한 근육이 붙기 시작했으니까, 가슴 한편에서 묘한 두근거림이 일어났다. 형들을 힐끔거리며 나는 동룡이와 하준이 뒤를 따라붙었다.

축구부 코치님은 동룡이에게 이것저것 시켜 보더니 말씀하셨다.

"참 잘하는군."

그 말은 동룡이를 들뜨게 했다. 코치님이 무슨 말을 또 하기도 전에 동룡이는 "그럼 언제부터 훈련을 받으면 됩니까? 코치님!" 이라고 큰 소리로 말하며 차렷 자세를 했다.

코치님은 난처한 듯 손등으로 코를 비볐다.

"근데 말이야, 지금 네가 하는 건 축구가 아니야. 묘기지. 축구부는 안 되겠어. 그래도 어쨌든 넌 발이 참 빨라. 머리도 참 단단하고."

그리고 더 이상 아무 말씀도 하지 않았다.

누가 봤으면 동룡이가 축구부에 들어간 줄 알았을 거다.

축구부 코치님을 만나고 나온 동룡이는 콧구멍을 벌렁거리며 말했다.

"아까 코치님 말씀하시는 거 너희도 들었지?"

"뭐?"

"나보고 '참 잘하는군'이라고 했잖아."

동룡이는 코치님이 '참 잘하는군'이라고 말하는 순간 가슴이 설레었다고 했다. 그런 말은 태어나서 처음 들어 보는 거라고 했다. 그냥 잘하는구나도 아니고 참 잘하는구나. '참'이라는 말에 많은 의미를 부여하고 있었다.

풀이 죽어 있는 것보다는 나았지만, 교실로 돌아오는 내내 하준이와 나는 동룡이의 끝도 없는 말을 들어야만 했다.

1학년 7반 마재서가 우리 옆을 지나갔다. 덩치가 그리 큰 편은 아니었지만 얼핏 보기에도 다부진 몸을 가지고 있었다. 마재서는 떠들어 대는 동룡이가 못마땅하다는 듯 노려보며 지나갔다.

이하준이 뒤를 힐끔거리며 말했다.

"쟤 봤어? 눈빛이 장난 아니지?"

"응."

하준이는 주위를 휙 둘러보고는 소곤거리듯 말했다.

"딱 저런 눈빛이야. 내가 말했던 눈빛."

하준이는 사촌 형에게 들었던 말과 자신에게 달려들던 맹수의 눈빛에 대해 다시 설명했다. 그 설명은 변주를 하기 시작했다. 더 세세하고 더 잔인하게. 그리고 어느새 이야기는 마재서로 돌아와 있었다.

그때 언제 왔는지 임시 반장이 끼어들었다.

"입학식 날 전학을 왔는데, 주먹이 장난 아니래. 걸리면 죽는대."

그 말은 우리를 긴장시키기에 충분했다.

임시 반장이 다시 말했다.

"아까 걔 이마에 있는 흉터 봤지?"

"못 봤는데."

"그걸 못 봤어? 이렇게 큰 흉터인데."

임시 반장은 이마에서 눈썹까지 칼로 쫙 긋는 시늉을 했다.

우리 셋은 순간 숨이 멎었다. 이마에 칼자국이라니!

임시 반장이 말을 덧붙였다.

"지난주엔 기수하고 한판 붙었는데, 너네 2반 기수 알지?"

"이기수? 한번 물면 절대 놓지 않는다는 미친 개 이기수?"

"그래, 글쎄 걔가 끽 소리도 못 하고 당했다잖아."

"정, 정말?"

"그렇다니까."

그때 동룡이가 안도의 한숨을 '휴우우' 내쉬며 말했다.

"큰일 날 뻔했네. 아까 걔가 나를 노려봤을 때 나도 같이 노려 보려고 했거든. 근데 순간 본능적으로 '이건 피해야 하는 눈이 다'라는 생각이 드는 거야. 그래서 아주 자연스러운 듯 이걸 봤 지."

동룡이는 자기 손에 들린 축구공을 대견하게 바라보았다.

내가 말했다.

"근데 걔 어디서 본 거 같은데."

"네가 걔를 어디서 봐? 괜히 아는 척하고 그러지 마. 알았지?"

나는 하준이의 말에 고개를 끄덕였다.

의도하지 않은 사건이 일어난 건 점심시간이었다.

하준이는 자기가 좋아하는 돈카츠가 나온다며 잔뜩 들떠 있었다. 돈가스에 카레가 곁들여 나오는 돈카츠. 하준이는 맛있는 음식만 보면 흥분된다고 했다. 두툼한 돈가스를 입에 무는 순간 탁 터져 나오는 육즙을 떠올리면 생각만 해도 입에 침이 고인다며 쓰으읍 침을 빨아들였다.

돈가스 두 덩이와 카레를 받아 든 하준이 눈이 반짝였다. 우리는 나란히 앉아 밥을 먹기 시작했다. 순식간에 다 먹어 치운 하준이가 내 식판을 보며 물었다.

"너 돈가스 안 좋아해? 왜 그걸 남겨?"

"너 먹을래?"

내 말이 끝나기가 무섭게 하준이는 엉덩이를 들고 동룡이 식판을 지나 내 식판으로 팔을 뻗쳤다. 순간 돈가스를 막 들어 올리던 내 숟가락은 하준이 숟가락과 부딪혔고, 그 바람에 숟가락 위에 있던 돈가스가 공중으로 붕 떠올랐다. 그리고 그 옆을 지나던 마재서 셔츠의 한가운데로 정확하게 날아갔다. 카레를 뒤집어쓴 돈가스는 샛노란 흔적을 남기며 바닥으로 나동그라졌다.

"에이, 뭐야?"

마재서가 얼굴을 찌푸리며 소리쳤다.

이하준은 자리에서 벌떡 일어서며 옷소매로 마재서의 셔츠를 닦기 시작했다.

"미안해, 미안해."

하준이의 크고 두툼한 발은 어쩔 줄 몰라 하며 동동거렸다.

그런 하준이를 마재서가 째려봤다.

　"미안해, 실수야. 일부러 그런 게 아니고 현우 숟가락에……."

　마재서가 하준이를 계속 째려보자, 그 눈빛에 놀란 하준이가 나를 보며 얼른 동참하라는 눈짓을 보냈다. 나는 잽싸게 휴지를 뽑아 들고 하준이에게 건넸다. 하준이가 휴지로 마재서의 셔츠를 닦으려는 순간, 마재서가 탁 하준이의 손을 쳐 내며 말했다.

　"됐어!"

　마재서가 지나가고 식탁에 도로 앉자 동룡이가 우리 눈치를 살피기 시작했다. 동룡은 한 입 베어 먹은 제 돈가스를 슬그머니 하준이 식판에 얹었다.

　하준이가 망연자실한 얼굴로 말했다.

　"나는 이제 죽었다."

　동룡이가 말했다.

　"죽더라도 먹어. 먹다 죽은 귀신이 때깔도 좋다잖아."

　하준이는 돈가스를 입에 쑤셔 넣었다.

　입을 우물거리며 말했다.

　"이현우, 우리 이제 어떡하지?"

　"뭘 어떡해?"

　"이것 봐. 이 순진한 얼굴."

　하준이는 내 쪽으로 의자를 바짝 끌어당기며 앉았다.

　"너도 봤지? 마재서가 됐다고 했지만 아주 못마땅한 듯 우리를 번갈아 노려보는 거."

"나는 못 봤는데."

그때 임시 반장이 불쑥 끼어들었다. 녀석은 줄곧 우리 주위를 서성이고 있었나 보다.

"못 봤다고? 어떻게 그걸 못 봐. 눈썹 위에서 꿈틀거리던 흉터를 너희가 봤어야 했는데, 마치 '절대로 가만두지 않겠어!'라고 말하는 거 같았다니까. 너희 이제 죽었어."

"설마."

"너희 설마가 사람 잡는다는 말 몰라?"

임시 반장의 한쪽 입가가 실룩거렸다. 웃는 것 같기도 하고 아닌 것 같기도 하고. 그건 반드시 일어나야 할 재난에서 가까스로 살아남은 자의 여유, 바로 그 여유에서 나올 법할 표정이었다.

5교시가 끝나자마자 하준이가 자리에서 벌떡 일어섰다.

"가서 말해야겠어. 내가, 아니 우리가 일부러 그런 게 아니라고 말이야. 마재서는 우리가 일부러 그랬다고 생각할 거야."

나는 하준이를 말렸다.

"굳이 그렇게 할 필요가 있어?"

하준이가 다시 말했다.

"응, 그럴 필요가 있어."

동룡이도 고개를 끄덕이며 말했다.

"내가 증인 서 줄게. 그 사건을 가장 가까이서 본 게 나니까."

나는 둘에 이끌려 교실을 나섰다. 1학년 1반에서 1학년 7반까지의 거리는 꽤 된다. 긴 복도를 지나 계단을 올라가서 다시 오른쪽으로 100미터는 더 가야 한다. 거리가 멀다는 게 그나마 다행이라고 하준이가 말했다.

1학년 7반 교실 앞에 다다르자 우리는 몸을 낮추고는 창문 아래에 쭈그리고 앉았다.

동룡이가 먼저 창문 틈에 눈을 갖다 댔다. 동룡이는 눈을 이리저리 돌리며 마재서를 찾았다.

"안 보이는데?"

"안 보인다고?"

하준이와 나도 창문에 얼굴을 붙였다.

교탁에서 쓰레기통이 있는 곳까지 구석구석 눈으로 훑고 있는데 뒤에서 소리가 들려왔다.

"야, 너희들 우리 반 앞에서 뭐 해?"

은재였다, 고은재.

우리는 도둑질하다가 들킨 사람처럼 화들짝 놀라 뒤로 나자빠질 뻔했다.

은재가 물었다.

"나 찾았던 거야?"

내가 말했다.

"아니! 그럴 리가."

다른 아이들이 보고 있어서 나는 정색하고 말했다. 그러자 은재는 심통 가득한 표정을 짓더니 한 발을 꽝 내딛으며 "그럼 여기 왜 있는데!"라고 했다.

입을 툭 내밀고 팔을 허리에 대고 어깨를 들썩이며 씩씩댔다. 역시 어릴 때나 중학생이 된 지금이나 변함이 없다, 고은재는.

"아무것도 아니야."

우리는 손사래를 치며 도망치듯 우리 교실을 향해 내달렸다.

기동룡이 말했다.

"고은재 진짜 무섭다."

이하준이 말했다.

"야, 이현우 너 어떡하냐?"

"뭐가?"

"몰라서 물어?"

동룡이와 하준이가 심술 가득한 표정을 지으며 "그럼 여기 왜 있는데!"라고 고은재 흉내를 냈다. 소름이 돋는다는 듯 몸을 떠는 시늉까지 하면서.

나는 걸음을 멈추고 그 모습을 빤히 봤다.

내가 말했다.

"그래도 걔 착해."

은재는 착했다. 내가 한창 달리기에 재미를 들였을 때였다. 그 날도 나는 은재를 따라 두 팔을 휘저으며 놀이터로 달려갔다. 은재의 손을 잡고 미끄럼틀 위로 올라갔다. 막상 위에 서니 무서웠다. 다리가 후들거렸다. 은재는 한 치의 망설임도 없이 미끄럼틀을 타고 내려갔고 나는 그런 은재의 뒷모습을 물끄러미 바라보았다. 은재는 내려가자마자 몸을 홱 돌려 '어서 내려와, 별거 아니야, 내가 받쳐 줄게'라고 하는 듯 미끄럼틀 끝에서 두 팔을 활짝 펼쳤다. 그제야 나는 미끄럼틀에 앉아 커다란 눈을 끔벅이며 엉덩이를 앞으로 조심스럽게 미끄러뜨렸다.

"거봐, 안 무섭지?"

"응, 안 무서워."

그 시절 나는 은재만 있으면 세상 무서울 것이 없었다. 야무지고 용감하고 가끔은 무모하고 엉뚱하기까지 한 은재를 나는 경외심 가득한 눈으로 바라보곤 했다. 적어도 그때는 그랬다.

하지만 5학년이 되면서부터 사정은 달라졌다. 은재의 키가 부쩍 자라기 시작했다. 은재뿐만 아니라 다른 아이들도 자라고 있었다. 어느 순간부터 하나둘 나를 내려다보고 있었다. 주눅이 들었다. 다들 자라는데 나만 그대로인 건 조급함과 함께 마음을 쪼그라들게 만들었다.

나는 우유를 벌컥벌컥 마셨고, 밤마다 줄넘기를 했고, 아침마다 키를 쟀다. 하지만 내 키는 자라지 않았고 결국 나는 부모님을 원망하기 시작했다. 우월한 키 유전자를 내게는 조금도 허락하지 않았음을.

은재가 나보다 머리통 하나만큼 커졌을 무렵이었다. 내 등에 묻은 흙을 손으로 탁탁 털어 내는 은재를, 마침 그 옆을 지나가던 아주머니가 보고는 흐뭇한 미소를 지으며 이렇게 말했다.

"누나가 동생을 참 잘 돌보네."

그때부터였던 것 같다. 처음으로 은재가 부담스러웠다. 은재하고 있으면 나는 어린애가 되는 느낌이 들었다.

수업을 마치는 종이 울렸다.

청소 시간, 청소기를 돌리던 동룡이가 느닷없이 바닥에 머리를 댔다. 그러고는 다리를 빠르게 움직이며 돌기 시작했다. 발로 바닥을 힘차게 차올렸지만 곧바로 처박혔다.

동룡이가 말했다.

"내가 생각해 봤는데 말이야. 너희도 알다시피 내가 제대로 하는 게 하나도 없잖아. 근데 내가 참 잘하는 게 있긴 있단 말이야. 발을 빨리 움직인다와 머리가 단단하다는 거. 축구부 코치님도 인정한 거지."

머리가 단단하다는 게 참 잘하는 것과 무슨 상관인지 모르겠지만 아무튼 동룡이는 그렇게 말하고는 주머니에서 뭔가를 꺼냈다.

"아까 화장실에서 주운 건데……."

꼬깃꼬깃 구겨진 전단지였다. 그 많은 화장실에서 하필 자신이 들어갔던 바로 그 화장실 칸 바닥에 있었다고 덧붙였다.

머리를 바닥에 대고 다리를 기역 자로 뻗고 있는 남자의 사진이었다. 머리가 아래로 향해 있었지만 작은 얼굴에 날 선 콧대가 매력을 발산하고 있었다.

댄스 동아리 광고였다.

"믿겨지냐? 이건 바로 나를 위해 신께서 내려 준 동아줄과 같은 거라니까."

기동룡은 곧장 연습실로 가야 한다고 했다. 내일 새벽에 오디션이 있다고 했다. 교실 문을 나가던 동룡이가 갑자기 뒤로 몸을 홱 돌리더니 손을 입에 대고는 침을 튕기며 말을 하기 시작했다.

"나는 동룡~ 나는 빨라! 제대로 하는 건 없지만, 하나도 없지만, 그래도 빨라! 발이 빨라 말이 빨라 정말 빨라 엄청 빨라 나는 비보~이!"

하준이가 말했다.

"네가 지금 한 게 설마 랩은 아니지?"

그새 동룡이는 저만치 가고 있었다. 발을 빠르게 움직이며 뒷걸음질을 하고 있었다.

"쟤 요즘 왜 저러냐?"

"난들 알겠냐?"

　어김없이 내일은 왔다. 새벽같이 학교에 온 동룡이는 댄스 동아리 오디션을 보러 갔고, 하준이는 밤새 한숨도 못 잔 듯한 얼굴로 나를 기다리고 있었다. 나를 보자마자 "내가 생각해 봤는데 말이야……."라고 했다.

　요 며칠 사이 기동룡도 이하준도 '내가 생각해 봤는데 말이야.'라는 말을 달고 산다. 그 말을 빼고는 얘기를 시작하지 못하는 사람처럼. 걸핏하면 "내가 생각해 봤는데 말이야."라고 했다.

　"내가 생각해 봤는데 말이야, 마재서가 지금쯤 분명히 이를 바득바득 갈고 있을 거란 말이야. 기습 공격을 하기에 딱 좋은 시점이지. 지금이 말이야."

　하준이는 잠시 말을 멈췄다가 다시 했다.

　"그래서 말인데. 어제 하려다가 만 거 하러 가자."

　그때 기동룡이 교실 문을 확 열어젖히며 들어왔다. 앞발을 들어 올리는가 싶더니 현란하게 움직였다.

　"나는 동룡~ 나는 빨라! 제대로 하는 건 없지만, 하나도 없지만 빨라! 정말 빨라 엄청 빨라 발이 빨라 말이 빨라 포기도 빨라 시작도 빨라 뭐든 빨라."

　"합격했구나!"

내 말에 동룡이가 랩을 하듯 말했다.

"나는 동룡~ 합격은 무슨 합격."

"떨어졌다고?"

"응!"

동룡이가 장난기 없는 얼굴로 다시 말했다.

"하지만 괜찮아. 운명의 짝을 만났거든."

"운명의 짝?"

"좀 전에 오디션에 떨어지고 교실 문을 막 나서는데, 누군가가 나를 부르는 거야. 순간 나는 내가 보고 있는 게 천사가 아닌가 하고 생각했어."

그 천사가 동룡이에게 이렇게 말했다고 했다.

"그 옷 네가 만든 거야?"

동룡이는 오디션을 위해 어제 밤을 새워 옷을 만들었다고 했다. 청재킷에서 소매를 뜯어내어 조끼로 만든 후, 뜯어낸 소매 끝 부분을 잘라서 손목 밴드로 만들고 나머지 부분을 오려서 머플러를 만들었다고 했다.

천사가 다시 물었다고 했다.

"너 연극반 들어올 생각 없어?"

그 말에 동룡이는 한 줄기 빛을 보았다고 했다.

"제가 들어갈 수 있어요? 오디션도 안 봤는데요?"

한 줄기 빛을 타고 내려온 천사가 말했다.

"딱 너 같은 애가 필요해."

'딱 너 같은 애가 필요해.'라고 말하는 천사의 모습은 동룡이에게 느린 비디오처럼 느껴졌다고 했다.

'이소영'이라는 이름표를 달고 있는 천사는 3학년 선배라고 했다. 순간 기동룡은 이건 피할 수 없는 운명이라고 생각했다고 했다.

어떻게 천사를 피할 수 있냐며.

내가 물었다.

"그래서 네 역할이 뭔데? 너 같은 애가 꼭 맡아야 할 역할이 말이야."

기동룡은 교복 재킷의 칼라를 두 손으로 가볍게 잡으며 자랑스러운 듯 말했다.

"의사앙."

이하준 눈이 휘둥그레졌다.

"의사? 네가 의사 역을 맡는다고? 오~ 기동룡."

"그게 아니고 의상, 의상 담당."

"의상 담당은 또 뭐야?"

"옷 만드는 거. 배우들의 옷을 만드는 거야."

하준이가 배를 잡고 웃기 시작했다.

"옷을 만들려고 연극반에 들어간다고? 뭐 그런 게 다 있어?"

하준이가 키득대다가 갑자기 집게손가락으로 동룡이를 가리켰다.

"너는 동룡, 너는 빨라! 너무 빨라! 엄청 빨라. 빨라도 너무 빨라 발도 빨라 말도 빨라 포기도 빨라 시작도 빨라."

하준이는 랩 비슷한 걸 흉내 내는가 싶더니 곧 정색을 하고 말했다.

"저러다가 말겠지."

"그래, 저러다 말겠지."

우리가 그러든 말든 기동룡은 하늘이 내려 준 과업을 완성해야 한다며 주먹을 불끈 쥐었다.

하늘이 내린 과업을 맞이하여 기대에 차 있는 동룡이와는 달리 하준이 머릿속은 여전히 마재서로 혼란스러웠다. 복도로 나갈 때도 화장실을 갈 때도 주변을 두리번거렸다. 어디선가 마재서가 훅 나타날 것 같다며. 자신은 절대로 마재서의 먹잇감이 되고 싶지는 않다며 두 팔로 자신의 커다란 몸을 감싸안았다. 내가 아무리 괜찮다고 해도 하준이는 마재서가 아주 평온한 얼굴로 '내가 너의 죄를 사하노라'라는 말을 해 주어야만 두 팔, 두 다리 뻗고 잠을 잘 수 있을 것 같다고 했다. 그러려면 오해를 풀어야 한다며, 분명히 마재서는 자신이 일부러 그랬다고 생각하고 있을 거라며, 다시 7반 교실로 가 보자고 했다.

결국 우리 셋은 또다시 7반 앞을 서성이게 되었다.

우리는 마재서가 나오기를 기다렸다. 사실 나는 마재서보다 고 은재와 또 마주칠까 봐 그게 더 신경이 쓰였다.

슬그머니 몸을 낮추고 창문 틈으로 교실 안을 들여다보았다.

은재는 금방 발견할 수 있었다. 은재는 창가 자리에 우두커니 혼자 앉아 있었다. 다른 여자아이들은 모여서 재잘거리고 깔깔 대는데 은재는 입을 꾹 다문 채 허공을 바라보고 있다. 뭐지? 나는 고개를 갸웃했다. 은재가 낯설었다. 꽉 다문 입매 때문인 지 짙은 눈썹과 오똑한 코는 내가 여태 보지 못한 선을 만들어 내고 있었다. 문득 이런 생각이 들었다. 저 반대편 얼굴은 어떤 모습일까? 창문으로 들어오는 햇살을 고스란히 받고 있을 그 얼굴은.

은재가 책상 위로 팔을 뻗고는 그 위로 얼굴을 묻었다. 힘없이 말린 등이 좀처럼 움직이지 않았다. 왜 저러지? 무슨 일이지? 걱 정이 몰려오기 시작했다. 순간 하준이가 내 팔을 꽉 부여잡았다.

"나온다, 나와."

마재서가 문을 열고 나오고 있었다. 나는 얼른 몸을 곧추세웠 다.

하준이는 이때를 놓칠세라 마재서에게로 달려가고 있었다. 나 도 얼떨결에 하준이를 따라 재빨리 움직였다. 그건 동룡이도 마 찬가지였다. 우리 셋이 우르르 다가가자, 마재서는 오던 걸음을 뚝 멈추고는 서서히 주먹을 쥐기 시작했다. 눈빛이 날카로워지면서 우리를 사납게 노려보았다.

그 모습에 이하준 얼굴이 벌겋게 달아올랐다. 하준이는 어쩔 줄 몰라 하며 말을 더듬기 시작했다.

"어, 어제는 말이야, 실, 실수였어. 정말 실수로 그런 거야. 일부러 그런 게 절대로 아니야. 믿어 줘."

하준이가 '믿어 줘'라고 말했을 때 나는 마재서의 꽉 쥔 주먹이 서서히 풀리는 것을 보았다.

하준이는 어제 상황을 더 자세히 설명했다.

"그러니까 말이야, 내가 어제 무지하게 배가 고팠거든. 내 식판에 있는 돈가스를 다 먹었는데 이현우가 돈가스를 남겨 놓은 거야. 그 맛있는 돈가스를 말이야. 그래서 내가 이현우에게 '그거 안 먹을 거니?'라고 물었는데 이현우가 나한테 '너 먹을래?' 하는 거야. 그래서 내가……."

마재서가 알 수 없는 표정으로 이하준을 빤히 봤다. 그러자 이하준은 더욱 진심을 전해야 한다고 생각했는지 마재서에게 한 발 가까이 다가서며,

"이현우가 나보고 '너 먹을래?' 하는 순간 나는 너무 좋아서 이현우 식판에 있는 돈가스를 집으려고 숟가락을 이렇게……."

하고는 팔을 쭉 뻗었다. 그런 다음 가쁜 호흡을 가다듬으며 다시 말을 이으려는데, 마재서가 이하준의 말을 가로막았다.

"너희들 정말 그걸 말하려고 온 거야?"

"으응?"

"그러니까 이렇게 우르르 몰려온 게 그 말을 하기 위해서냐고."

이하준이 슬그머니 팔을 내리며 대답했다.

"응!"

마재서가 어이가 없다는 듯 피식 웃었다.

우르르 몰려온 우리가 어이가 없다는 건지, 아니면 그런 우리를 보고 긴장했던 자기 자신이 어이가 없는 건지 그건 모르겠다.

아무튼 이하준은 그때 이런 생각이 들었다고 했다. 마재서의 그 웃음이 마치 '너의 죄를 사하노라'라는 말처럼 보였다며, 그 순간 묘한 안도감이 들었다고 했다.

그날 밤 이하준이 두 팔과 두 다리를 뻗고 편히 잠들어 있을 때, 나는 잠을 이루지 못했다. 눈을 감으면 고은재가 떠올랐다. 혼자 앉아 있던 은재의 모습이 신경 쓰였다. 꽉 다문 입매도, 허공을 바라보던 눈빛도, 힘없이 말려 있던 등도 자꾸만 신경이 쓰였다. 내가 알고 있는 은재와는 다른 모습이었다. 은재는 다른 세상을 마주하고 있는 것 같았다.

나는 핸드폰을 만지작거리다가 문자를 했다.

고은재, 자?

지웠다.

　　내가 저번에 너한테 나 아는 척하지 말라고 한 건……

또 지웠다.

　　너 지금 뭐 해?

전송 버튼을 눌렀다.
은재는 문자를 읽지 않고 있다.
나는 다시 문자를 보냈다.

　　고은재, 괜찮아?

그때 우리는 몰랐다.
　발 빠르고 말 빠르고 포기도 빠른 기동룡이 졸업 연극제를 앞
두고 갖가지 천과 가위를 손에 쥔 채 예술가의 고뇌를 씹게 될
줄은.
　어느 겨울, 미쳐 날뛰는 멧돼지와 맞부닥뜨린 마재서와 이하준

142

이 겁에 질린 얼굴로 서로의 손을 맞잡은 채 줄행랑을 치게 될 줄은.

그리고 키를 잰다고 앞으로 쑥 다가오는 은재 때문에 내 심장이 그렇게 나댈 줄은. 그땐 정말 몰랐다.

세상은 모르는 것투성이였다. 열네 살이라면 더욱.

우리 인생은 그렇게 예상하지 못한 방향으로 흐르고 있었다.

은영

『숨은 신발 찾기』로 문학동네어린이문학상을 수상하며 작품 활동을 시작했다.
『일곱 번째 노란 벤치』로 황금도깨비상을, 『하맹순과 오수아』로 한국문화예술
위원회 문학 창작산실 발간 지원을 받았다.

호르몬의 변화는 의도하지 않는 방향으로 흘러갔습니다.

키가 불쑥 자라는 것 같더니 눈 코 입이 각기 다른 속도로 자라기 시작했습니다. 그 바람에 매끄럽던 얼굴이 어딘가는 길어지고 어딘가는 튀어나오고. 그쯤 되면 이런 생각이 듭니다.

나는 왜 이렇게 못생겼을까. 나는 왜 이렇게 잘하는 게 없을까, 나는 왜 이렇게 운이 없을까, 나는 왜! 화가 불쑥 치솟아 오르다가 불안해집니다. 그 와중에 먹어도 먹어도 배는 고프고 자도 자도 졸리고…….

몸도 마음도 자라고 있었습니다. 각기 다른 속도와 방향으로. 그 혼돈 속에서 자라기 위해 무진장 애를 쓰고 있었다는 걸 그때는 몰랐습니다.

어느 순간 그 소용돌이를 뚫고 나와 대견한 무언가에 이르렀을 그들에게.